第五泳道

［韩］银昭智 —— 著

［韩］卢仁庆 —— 绘

林佩君 —— 译

湖南文艺出版社
HUNAN LITERATURE AND ART PUBLISHING HOUSE

小博集

目 录
Contents

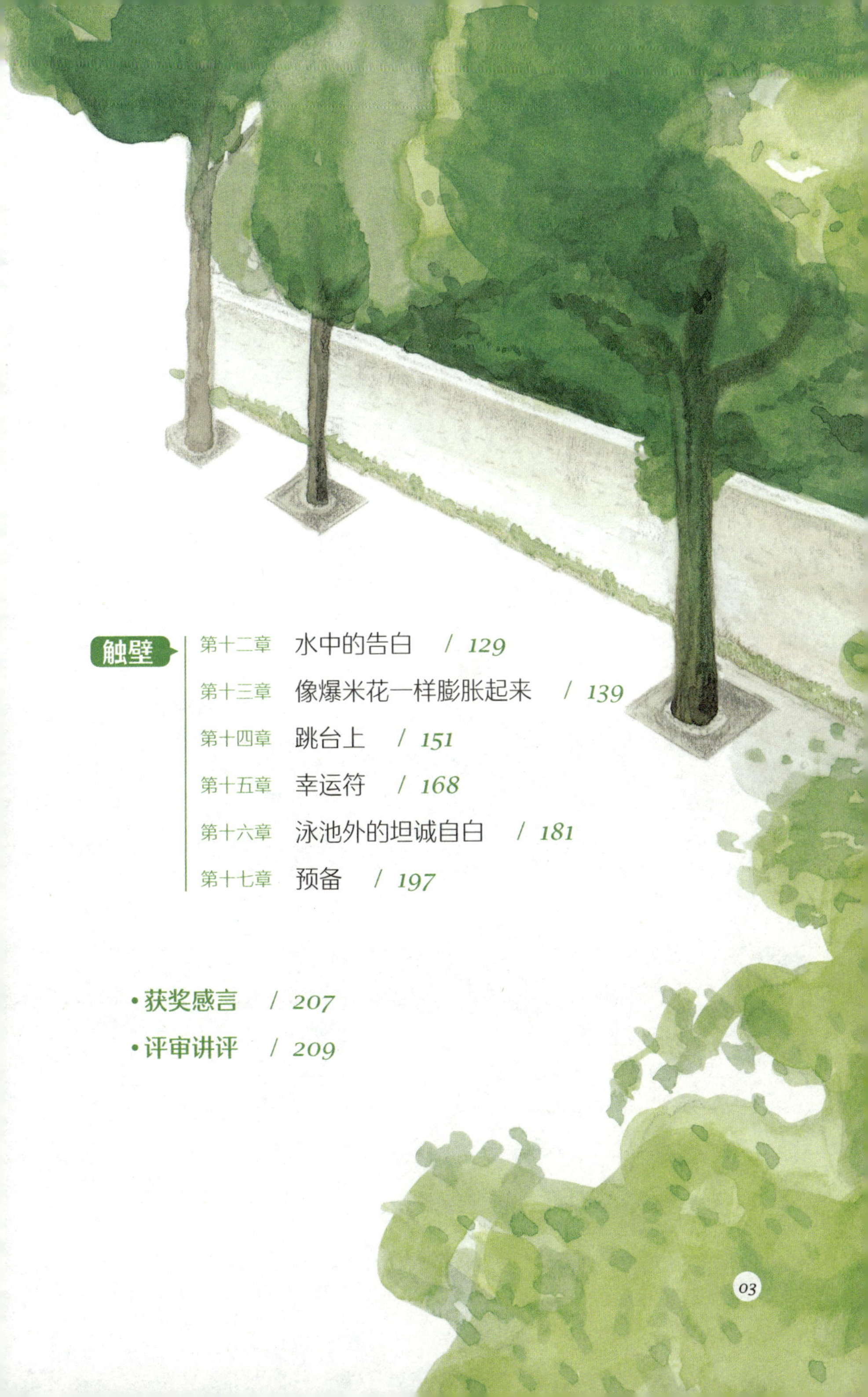

触壁

出发

第一章

第五泳道，姜那露

长笛声响起，那露站上了第五泳道①的出发台。从出发到触壁的瞬间早已在她脑中被描绘过无数次。若要说有什么不同的地方，那就是，在那露的想象里，她并不是在第五泳道罢了。那露两手用力抓住出发台。

"专注点，姜那露。"

虽然不想在意，但那露还是不自觉地一直看向隔壁泳道，第四泳道的选手是预赛成绩第一名的金楚熙。

"Take your marks.②"

听到预备口令后，那露摆好出发姿势并深吸一口气。嘀——蜂鸣声响起的瞬间，那露的身体就像在海面上跳

---

① 第五泳道：游泳比赛的泳道并不是随意安排的。通常，决赛中的第四泳道会排给预赛成绩第一的选手，第五泳道排给成绩第二的选手。——编者注

② Take your marks：游泳比赛中告知选手出发前"预备"的信号。——原注（本书注释如无特殊注明，均为原注）

跃的海豚一样，飞跃到空中。

"姜那露，加油！"

游泳队队员们汇聚力量，一起高声大喊。虽然大家都知道，即使这样大喊那露也听不到，但还是不由自主地为她加油。虽然身处观众席之中，但大家所有的心思都在水中的比赛上。沙朗不自觉地胡乱挥动双手，紧张得直跺脚。胜男则从刚刚开始就一句话也不说，专心拍摄那露的比赛视频，丝毫没有晃动，让人不禁怀疑他到底有没有在呼吸。

一直到距离终点二十米的地点为止，那露一次也没有换气地全力冲刺。领先的感觉还不赖，就这样领先下去的话……在浮现这个念头的瞬间，金楚熙的肩膀从那露眼前划过，超过了她。那露感觉自己从脚尖开始，正渐渐地失去力量。身体的节奏乱掉了。她赶紧调整好不听使唤的手脚，匆忙地继续向前游。那露碰到计时触板后，马上抬头看成绩显示板，这时她还喘得很厉害。那露的名字排在第四位，成绩是 29 秒 33。

"小学女子组五十米自由泳比赛，第一名，金楚熙，成绩 26 秒 75，破大会纪录。"

比赛广播一结束，观众们的鼓掌声与欢呼声响遍整个比赛会场。

金楚熙笑得很灿烂地朝着观众席挥手。

"可恶！我竟然沦为金楚熙的陪衬品。"

这是姜那露八年游泳生涯中最耻辱的败北时刻。她大步走出比赛会场，一进淋浴间，便使出全力按下开关，冰冷的水从肩膀上倾泻而下，但身体却像一团火球似的，熊熊燃烧着。

"那露，你还好吗？"

那露顶着一头不断滴落水珠的湿发走过来，队员们纷纷拥上前去，然而那露只有点头而已。教练也只是看着那露，对于刚刚的比赛没有特别说什么，也有可能是因为受冲击太大而说不出话来。那也是情有可原的，毕竟汉江小学游泳队王牌姜那露，竟然没有挤进前三名，还是在对体育人来说如同盛会般重要的全国少年体育大赛上。再加上，那露的游泳成绩已经停滞在 29 秒很久了。

"那露你也辛苦了，好好休息吧。"教练说。

"好。"

那露背靠墙坐下，闭上了眼睛。平常这时候，大家应该会吵吵闹闹的，现场一片嘈杂才对，但现在却很安静，大家一定在顾虑那露的心情。那露倒希望大家不如让她一个人待着，因为对那露来说，承受现在这种时刻比参加比赛还要来得辛苦。

"恭喜你，真的好厉害，又得了第一名呀。"

比赛后总是听到的祝贺与接收到的带有欣羡的目光，

如今，已经不再专属于那露一个人。

这全都是金楚熙害的。

"比赛都结束了，我们去小卖部吧。"

将沉重气氛一扫而空的人正是队长胜男。

"好呀！我要吃王锅盖①。"

大家很快就抛开烦恼，向小卖部冲去。然而那露什么也不想吃，但胜男也不能放着这样的那露不管。

"比赛是比赛，小卖部是小卖部。"

胜男拉着那露前进。

这是汉江小学游泳队代代传承下来的传统，在重要比赛结束的当天，大家要一起去小卖部，吃光所有想吃的食物才行。虽然这个传统实行的时间并不长，也有种不知是从哪里抄来的感觉，不过，反正都从学长学姐那里传承下来了，那么传统就是传统。

比赛前不能吃油炸食物或快餐，也不能喝碳酸饮料那类的汽水。虽然教练没有禁止吃这些食物，但大家都经历过一次在训练过程中反胃，或有了搞砸比赛的经历后，就会乖乖地避开这些食物。

大家忍了又忍，一直忍到比赛结束，然后在最后——砰！举办一场派对。每次的菜单都差不多，都是些对身

___

① 王锅盖：韩国八道旗下一款方便面品牌名。——编者注

体不好却可以满足口腹之欲的食物。

那露拿了包辣火鸡面和一瓶汽水。

"你不是很不能吃辣吗？"

胜男一边将那露手上的辣火鸡面抢过来，一边说着。

"我非常能吃辣的好吗？"

那露却坚持要吃辣火鸡面，心想自己现在心里一片混乱，需要放大招才能镇住它。

"你不要蹲在厕所时才后悔哦！"

胜男说的话让沙朗觉得反胃。

"哎呀，好脏啊，智胜男你在说什么啊！"

胜男一边笑，一边往那露的辣火鸡面碗中倒入热水。

那露拿好筷子后坐在遮阳伞下的椅子上，旁边则是沙朗、世灿、东熙和胜男。大家围坐在一起，每个人都是一头湿发，穿着印有汉江小学校徽的黄色短袖上衣、短裤和拖鞋。虽然外面还是春天，但比赛会场里，不论何时都是夏天。

"申东熙，你又没穿拖鞋就跑来了？"

"嗯。"

沙朗看着东熙赤着脚，说了他一句。东熙很不喜欢穿拖鞋，在游泳馆不穿就算了，连去观众席或是去小卖部也赤脚的人，就只有东熙了。教练说再这样光着脚，如果脚受伤的话，不管是比赛还是其他什么的，一切就都玩完了。不过，教练再怎么说也没用。东熙的脚又小又胖，更具体一点来说的话，他的脚很厚。如果说一般人的脚是一层的话，那东熙的脚就是上下再各加一层，变成像三层三明治厚度的脚。为一般人一层脚制作的鞋子，对东熙的三层脚来说实在是太小了。说不定东熙就是想用赤脚走路才开始学游泳的。

"不过，金楚熙游得真的好快。"

最早把方便面吃光，已经在玩手机游戏的世灿，像是突然想起什么似的，冒出这句话。

"竟然游出大会新纪录，真的太强了。"

沙朗悄悄地在桌底下用脚踢了不会看人脸色又一直乱说话的世灿一脚。

"哎，金沙朗，你干吗踢我的脚？"

胜男偷瞄了一下那露的脸，果然不出所料，那露把头垂得很低，眼睛还红红的。

"调味料跑进眼睛里了？"

豆大的泪珠从那露眼里滴答滴答地落下，除了那露以外的所有人顿时进入静止状态。这时世灿才发现自己刚刚说错话了，他赶忙说肚子好痛，逃往厕所去了。

"我是因为调味料才哭的，真的，眼睛好辣。"

脸上的两行泪变三行泪，再变成四行泪，到最后，那露整个人趴在桌上，过了好一阵子都没把头抬起来，她的黄色短袖也被眼泪浸湿。

教练开车把那露和胜男送到公寓入口处，那露的妈妈出来接他们。妈妈一看到那露，便一句话也没说，只是紧紧地抱住她，看来应该是胜男已经跟自己的妈妈说了今天的比赛结果，然后胜男的妈妈再告诉了那露的妈妈。两家人提到跟游泳有关的事，就会像一家人似的互通有无。

"阿姨，那我先走了。"

胜男弯腰打过招呼后，往自己家的方向走去。那露推开妈妈。

"别这样，很闷。"那露说。

"那露，今天的比赛还顺利吗？妈妈这次没能看到那露比赛呢。"

昨晚对说要来加油的妈妈发脾气，叫她绝对不要来看比赛的不是别人，正是那露自己。那露已经在妈妈面前连续被金楚熙打败了好几次，她再也不想让妈妈看到自己那副模样了。

但她万万没想到，今天会输得这么惨。

"不知道。"

"嗯，没关系的，那露，下次比赛时再努力做好就可以了。妈妈已经买了炸鸡哦。"

妈妈偶尔会说一些这种没什么用的安慰话，但反而让那露更生气。

"你明明知道我搞砸了比赛，那为什么还要问我？而且你说没关系，到底哪里没关系啊？妈妈的意思是就算我输了也没关系吗？"

那露积累半天的怒火在妈妈面前爆发，大发脾气的那露发现自己的脖子变得很烫，她怕热气蔓延到眼睛后会哭出来，便转身朝公寓大门走去。

背包一丢，那露扑通一声躺在床上，即使睁开双眼，却也只能看见灰暗的天花板而已。这时，嗡——嗡——从背包里传来手机的振动声，那露把自己塞进被窝里。

嗡——嗡——嗡——

不断响起的振动声真的很烦人，那露不得已只好把手机拿出来。游泳队六年级的聊天群不停地响起信息通知声，明明到刚才为止都还在一起，看来还有话没说完吧。沙朗把今天拍的照片全都上传了。

世灿发了一句"谢绝沙朗自拍照刷屏"就退出聊天群了，但马上又被沙朗拉回群组。东熙的信息回复果然都不会超过两个字：嗯，不是，呵呵，为啥。当然也不会加上标点符号。这时，胜男上传了一个视频文件，是今天的比赛视频。

那露马上坐起来，戴上耳机，播放视频。朋友们大喊"姜那露，加油"的声音大到耳朵痛，那露扑哧笑了

出来。出发信号一响起，那露和金楚熙纵身一跃跳入水里，虽然只有些微差距，但那露的出发速度比较快，直到中间距离点前都是那露一路领先。然而紧追在后的金楚熙逐渐加快速度，她的两只手臂像风车一样转动，开始快速超前并取得领先。

又来了，金楚熙每次都用这种方式赢得比赛，那露埋怨地看着自己的两只手臂。以一般十三岁少女的手臂来说，那露的手臂其实并不算短，然而，那露是身为游泳选手的十三岁少女。对运动选手来说，平凡的身体条件也会成为自己的弱点，如果站在自己旁边的对手刚好手臂又非常长的话，更是如此。

"她是怎么办到的呢？"

那露用0.5倍速再次仔细观察比赛录像。大约在游过三十米距离点时，那露看到了某个发光的东西，准确来说，是金楚熙的泳衣在发光，那闪烁的光随着金楚熙提升速度而变得越来越耀眼。到目前为止，那露已经看过无数比赛视频，却从来没有看到过这种情况。那露突然有个念头，金楚熙是不是藏有什么不可告人的秘密？

第二天，那露提早到学校游泳馆，把在清晨冷空气中蜷缩的身体慢慢地浸入水中，虽然已经习惯泳池冰冷的水，但身体还是因为太冷而起了鸡皮疙瘩。她用力蹬墙向前游，希望顺着流过全身的水流，能把昨天不好的回忆全都洗掉。到了对面池壁后，她将身体向前翻转半圈，转身后往回游。大约游了十趟之后，那露漂浮在水面上稍微喘气休息。脚只要轻轻地拍打水，身体就会缓慢地移动。

"昨天那个闪闪发光的东西到底是什么呢？"

这么一想那露发现，金楚熙其实有很多可疑的地方。明明比那露更晚学游泳，却更快地刷新自己的纪录。游泳成绩不是一夕之间就可以提高的，那露为了缩短0.1秒，还得多游学校游泳池一百圈。

"教练会不会也知道些什么呢？"

那露漂在水面上陷入沉思时，在二楼瞭望台玻璃窗的另一边，胜男正蹦蹦跳跳地一边跑一边挥着手。那露慢了半拍才看到他，胜男朝着那露挥一挥拳头就走掉了。

那露这才想起，自己忘记发信息跟胜男说，要提早来游泳馆这件事了。因为是比赛完的第二天，所以那露觉得个人训练应该会暂停才对。

打开手机后发现有很多未接来电与信息。

我在你家前面。上午 8:05

你怎么还没出门？上午 8:10

你该不会还在睡吧？上午 8:12

我要上去喽！上午 8:12

姜那露！你该不会一句话也没说就先去了吧？等我！ **上午 8:17**

全部都是胜男发来的信息。

抱歉，我忘记先跟你说了。**上午 8:38**

胜男马上回复了信息：

算了，置物柜里有早餐，你妈叫我带给你的。还有，香蕉牛奶
是我买的。**上午 8:38**

　　游泳队队办在游泳馆更衣室的入口对面，开门进去
的话，会看到一卷卷晒干的瑜伽垫、伸展用的弹力带，
还有训练用的脚蹼散乱在地板上。这是那露在学校里除
游泳池外，第二喜欢的地方。不过，这里是有点脏乱没
错。一打开置物柜，就看到热乎乎的烤吐司和香蕉牛奶。
那露咬了一口烤吐司，是她喜欢的鸡蛋烤吐司，她感觉
冰冷的身体从肚子开始暖和起来。窗外运动场的扬声器
响起了上课铃声，那露收拾行囊后，往教室走去。

第二章

发梢上的水珠

　　太洋在走向教室的途中改变方向，走向学校体育馆。他原本下定决心要等到下午放学后再去的，但实际踏入校园后，却无法抑制自己的好奇心。转学来这里才不到一天，他对学校的环境还很陌生，连通往学校分馆的路，也找了一阵子才找到。

　　"游泳池一定在体育馆的某个地方吧。"

　　今天一定要亲眼确认学校的游泳池才行，因为那正是太洋转学到汉江小学的原因。

　　太洋加快脚步，心想要赶快找到才行，再这样磨蹭下去就要迟到了。这时，有个像风一般的女孩飞快地经过太洋身边，太洋心里一惊，停下了脚步，因为她经过的地方留下一股好闻的气味，清爽却又刺鼻，这是股熟悉的味道。于是太洋掉转方向，跟在这个女孩后面。

那个女孩应该会知道太洋正在寻找的地方在哪里。

她像五线谱上跃升的十六分音符一样，轻巧地踏上阶梯。太洋赶紧跟上她的节奏，再次走上通往学校本馆的路，混入到校同学们的上学行列中。刚到四楼时，背后传来一个爽朗的声音："那露，一起走吧！"

那女孩好像突然停顿了一下，接着转身挥手，继续轻盈地踏上阶梯。

"原来她叫那露啊。"

到了位于五楼的六年级教室后，女孩才停下了脚步，然后猛地开始喘气。刚才在后面喊她名字的同学，举起左手手掌朝她走去，那个叫那露的女孩也举起她的手掌，啪，击掌声响起，那个女孩露出灿烂的笑容。

"你今天从哪里开始憋气的呀？"

"从队办门口前面开始憋的。"

"啊，憋气时间变得很长了呀。总之，姜那露你真的太强了。今天早上没有训练，我觉得就像在天国里。"

太洋呆呆地站着，注视着这女孩，她向朋友挥挥手后走进了六年二班的教室。预备上课的铃声响起，太洋赶紧振作精神，走进了同一间教室，那女孩正在跟班主任聊天。

班主任叫住了太洋："太洋，快过来打声招呼。昨天没有见到吧？这是坐在你旁边的同学，姜那露。"

那露转过身来盯着太洋看。那露有着长度到下巴的
短发，圆圆的脸庞好像有哪里感到不满似的，鼓起双颊，
还噘着她那丰盈的嘴唇。

"那露，这是昨天转学来的同学，郑太洋，坐在你
旁边，要好好关照他哦。还有，那露你又没有把头发吹
干就出来了吗？这样会感冒的。"班主任说。

"嗯。"

那露点个头打招呼后就回到位子上，太洋跟在那露
后面，走向她旁边的位子。

那露皱着眉盯着太洋看，那是令人摸不着头绪的警

戒眼神。

　　"你好，我是郑太洋，以后就请多多指教了。"

　　太洋在那露旁边坐下，并伸出手来。自古以来，再没有能像握手那样充满绅士气息的初次问候方式了。只是挥挥手的话显得不庄重，语言也无法完全盛装心意。

　　那露只是默默地看着太洋的手，没有要握手，但却突然说："你把手向前伸直看看。"

　　现在又不是体育课时间，突然说要把手向前伸直，太洋怀疑是不是自己听错了，呆呆不动。

　　"我叫你把手像这样往前伸直看看。"

说着，那露将右手手臂往前伸，太洋也下意识地伸出自己的左手臂，那露和太洋的小拇指好像快要碰到似的，不停晃动着。

"喂，不要晃，你先不要动。"那露说。

然后那露突然凑近太洋，将她的右手小拇指指甲贴在太洋的左手手腕上。太洋不自觉地开始憋气，凝聚在那露发梢上的水珠滴到太洋的肩膀上。

太洋的手臂比那露的手臂还要长十厘米。那露收回手臂从太洋身旁走开，太洋这才哈的一声，呼出一大口气。

那露跟太洋说："你的手臂真的好长，真羡慕你。不过你应该不知道这有什么好让人羡慕的吧？"

那露一直说些太洋听不懂的话，然后又若无其事地开始整理起她的抽屉。

"我叫姜那露，有什么想知道的可以问我。"

那露这么说时没有看着太洋，好像不是很真心的感觉。太洋摸着被浸湿的左肩，肩膀处散发出一股清爽的味道。

太洋问那露："你会游泳吗？"

那露拿书拿到一半，看着太洋，然后睁大眼睛说："不是让你问我的事，是问学校的事。"

"这两个是一样的啊。"太洋说。

那露没有回应太洋，只是翻开她的美术课本。

第一堂课开始了，老师给大家看各式各样造型独特的名片。有黑白琴键的钢琴家名片，也有在画着人脸的纸上用发卡排出头发造型的发型设计师的名片，等等。今天的课程主题是"制作我未来的名片"。老师问大家的梦想是什么。网络主播、艺人、厨师、医生、公务员……大家各自想做的事情都不一样。这当中也有同学想当"有钱的无业游民"，当然，这应该不是老师期盼的答案。

"我的梦想啊……"

太洋陷入沉思，小时候这个问题好像挺简单的，因为想尽情地吃冰激凌，所以想当冰激凌店老板；觉得路上经过的警车很帅，所以想当警察；一起生活的宠物狗莱卡生病时，就觉得自己应该成为一名兽医。大概是到了小学二年级时，太洋偶然在电视上看到宇宙纪录片，从那之后就一直想当科学家。太洋的梦想是，有一天搭乘自己亲手制造的火箭飞到太空去。太洋还认为自己的名字叫太洋（与"太阳"发音相同），是因为爷爷已经预感到孙子的宇宙人生才如此取名的。太洋是后来才知道自己的名字是"象征大的太"加上"海洋的洋"，是"朝向大海洋前进"的意思。

"那太洋呢？你未来想做什么呢？"老师问。

轮到太洋发言时，班上的同学们都扬起一张张充满好奇的面孔，专心聆听新同学说话。

太洋好不容易才开口回答："我不知道。"

有些同学脸上闪过一抹"我也是"的共鸣表情。

老师再次问太洋："那你喜欢做什么呢？"

太洋悄悄地偷看了那露一眼，她正用一只手托着下巴，另一只手在美术课本上涂鸦。

"我喜欢科学和……游泳。"

当太洋一说出自己喜欢游泳时，那露顿时停下手中的自动铅笔。同学们的目光从太洋身上，转移到坐在他旁边的那露身上。

"哦，是吗？那太好了！那露也喜欢游泳，看来你们会很有共同语言呢！"

听到老师的话后，男生们发出一阵阵哄笑声。

"咦？姜那露跟三班的智胜男关系不错吧？"

"喂，喂，姜那露会听到的，她生起气来超可怕的。"

那露猛然转身怒视他们，同学们马上装作一副事不关己的样子开始做其他事。虽然现在这状况对那露来说，好像不是那么令人开心，但是，对为了游泳而转学到这所学校的太洋来说，第一个坐在自己旁边的同学就是游泳选手这件事，给太洋一种命中注定的感觉。

老师给每人发了一张八开大小的图画纸。虽然图画纸就摆在眼前，但太洋对要制作什么样的名片苦恼了很久，稍微偷看一下旁边的那露，发现她早就开始认真制作名片了。她在纸上放上胶水盖子，全神贯注地画第五个圆圈，她画的是奥运会的五环标志。太洋默默地靠近那露，然后用只有那露可以听到的音量跟她说："你是游泳队的吗？"

那露没有回答，而是伸出手在太洋的图画纸上写下了：上课时禁止闲聊。

那露的字迹不但不尖锐，还很端正。太洋察觉到那露是模范学生，所以尊重她的意思，在她写的字下面接着写：游泳队？

那露小小地叹了口气后回复：嗯嗯。然后停顿了一下，又写上：干吗？

太洋开心地赶紧接着写上：我也想加入！

太洋在"我也想加入！"的旁边画了一个长长的箭头形符号，箭头直指着前面写的"游泳队"。那露没有再回答，而是竖起一边的眉毛，摆出一副对某事感到不满意的表情。

太洋虽然还想再写些什么，但那露却推开了图画纸，然后把抽屉里的书全部拿出来，在太洋那侧垒起了"课本城墙"。

太洋感到慌张，早知道就下课时间再问，但想想又觉得，有必要反应这么大吗？

"现在要在十五分钟内做收尾，已经做好的同学请将名片贴在布告栏上。"

老师催促着动作慢的同学们。太洋最后做了双面的名片，一面是宇宙火箭，另一面则画了一只海豚。

妈妈跟太洋说，因为工作的关系，全家必须要搬家到首尔的时候，太洋使用了自己在生日时许的愿望，那就是，希望可以就读于设有游泳队的学校。不过，妈妈一开始并没有认真看待太洋的愿望，直到太洋把首尔设有游泳队的小学——找出来，抄在纸上拿给妈妈看时，妈妈才问太洋："为什么突然要去游泳队呢？现在不是也能游泳吗？"

太洋是从小学三年级开始在小区的运动中心学游泳的，一开始是因为有趣才学的，但实力却不凡。在他学了一年左右的时候，游泳教练便询问太洋要不要参加比赛试试，是县市举办的小型比赛，而这也成为一切的开端。在那天的比赛里，太洋的脖子上挂上了第一枚金牌。在那之后，游泳教练兴奋地怂恿太洋参加更大的生活体育比赛，而太洋在比赛中也拿到了金牌。每当太洋将新的奖牌挂在房间墙上的挂钩上时，游泳在太洋的心中，也又多了一份重量。然而，现在太洋的奖牌已经多到挂钩无法再承重的地步。

"我想认真地往游泳这方面发展。"太洋跟妈妈说，

"不一样，我和比赛场上那些在游泳队接受训练的孩子很不一样。"

"当然会不一样啊。"妈妈说。

"不是啊，不是那样的，是真的不一样！"太洋强调说。

"嗯，妈妈知道呀。"

太洋对只能这样解释的自己感到很郁闷，妈妈明明就不知道是哪里不一样。

太洋不是在说技术或是游泳成绩不一样。不过，要跟一次也没站上比赛会场的妈妈说明那种感觉，就像要跟一次也没去过海边的人说明海跟海的差异一样困难，太洋也只能叹气。

"太洋啊，你很快就要上六年级了，也该着手准备升初中的事了，但你现在却说要加入游泳队，这让妈妈有点不知所措，把游泳当作兴趣不是很好吗？"

妈妈的双眉间出现了很深的皱褶。就像妈妈说的一样，太洋很快就要上六年级了，就这样接着升上初中的话，大概就会放弃游泳了吧。

太洋想到这点就一脸阴郁，胸口也感到一阵窒息。也许对某些人来说，待在水里面会比待在外面呼吸得更顺畅。

太洋打破漫长的沉默后说："即使只有一次也好，

在更迟之前，我应该试着全力以赴去做做看才对，就这样下去的话我觉得好可惜，我脑中一直浮现这个想法。"

太洋将之前在脑中模糊思考的事情说出口后，内心也变得踏实与坚定，太洋跟妈妈这么说的同时，也是在跟自己对话。

"妈妈会好好想一下的。"妈妈说。

妈妈和爸爸持续讨论了几天，在他们讨论的时候，太洋都会偷偷地把耳朵贴在爸妈的房门上偷听。

"这是孩子说想要做的事。""但是现在也该好好读书了呀！""他之前很沉迷科学的，怎么突然变成这样？""不应该让他去参加游泳比赛的。"

爸妈的对话你来我往的。当爸妈的对话结束时，太洋赶紧跑回房间，坐在书桌前假装在看书，然后故意把门开着，因为太洋知道妈妈会假装路过，稍微偷看一下太洋在做什么之后才会走过去。

虽然不知道是谁的演技比较高明，总之，爸爸和妈妈提出了条件，只要能维持成绩，而且也会好好地用功读书的话，就答应让太洋参加学校游泳队。

这是三个月前的事了。

虽然太洋顺利转学到了汉江小学，不过，爸妈的帮忙也点到为止，能不能加入游泳队要靠太洋自己的本事了。虽然他想问那露关于游泳队的事，但下课的时候，他们中间的"课本城墙"还是垒得很高。等到放学后，当太洋再次鼓起勇气要问时，那露早已不在教室了。

第三章

金楚熙的泳衣

"听说你们班有转学生？"

沙朗在那露的教室前等她。

"嗯，还坐我旁边。"

那露一脸不在乎地回答。

"是吗？同学们说他长得蛮帅的，是哪个呀？我看一下他长什么样子后再走。"

沙朗从教室后门往里探头，环顾教室内四周。那露抓住沙朗的书包背带，把她拉走。

"哪里长得帅啊，我们赶快去队办吧。"那露说。

那露在走廊上奔跑时，在脑海中想了一下太洋这个人，虽然没浮现那张同学们说很帅的脸，但想起了他那很长的手臂。自古以来，对体育人来说，重要的是身材，不是脸蛋。

那露和沙朗一踏进队办，就发现教练和队员们都在等她们。光看学弟学妹们的表情就知道，他们已经感到畏缩与害怕了。

这也是情有可原的，因为今天是开比赛检讨会的日子。在检讨会的时间里，大家会一边看比赛视频，一边找出之后要更努力改善的地方，是不亚于正式比赛的重要学习时间。不过，这只是教练的想法，对队员们来说，这就是被训话的时间罢了。连比赛经验丰富的六年级队员们，到了检讨会这天，也会不想来队办，更别说是第一次参加全国体育大赛的学弟学妹们了。

虽然那露也不怎么喜欢检讨会，但内心却对今天抱有期待，也就是那件闪闪发亮的泳衣。相信如果教练看了昨天的比赛录像，也会发现金楚熙的泳衣很可疑。

那不是符合规定的泳衣，应该向游泳联合会检举，并剥夺她的奖牌资格才行。

即使没有到那种程度，教练也不可能会坐视不管的。那露光是想一想，就有种能将这阵子以来所受的屈辱全都一扫而空的快感。

"好，不要忘记我刚刚说的部分，要在练习时进行加强，那现在就来看最后的比赛画面吧。"

轮到那露了，教练播放那露的比赛视频。那露带着紧张的心情，屏气凝神地观察教练的表情，但教练的表情从头到尾没有一丝起伏变化，只是冷静地看着画面。

"再仔细地看一次吧。"教练说。

教练把视频调成 0.5 倍速再看一次，画面中金楚熙落后那露约一米，然后慢慢地加快速度，很快就超越了那露。那露想起超越自己的金楚熙的身影，即使现在回想起来也觉得双手无力，连握紧拳头的力气也没有。教练按下了暂停键。

"那露，你这里为什么姿势突然走形了呢？身体完全无法好好摆动。"教练问道。

静止画面中，那露的模样很滑稽，双脚挣扎乱踢的样子，就像溺水的人在求救一样。

"我的节奏乱掉了。"那露说。

"为什么？因为金楚熙超过了你？"教练继续问。

虽然那露已经被金楚熙超过好几次了，但实际上听到教练这样说，还是觉得很伤自尊心。

"那你就要更用力地摆动双脚，想着自己要超越她才对啊，不能这样就感到受挫，游泳是种精神力的战斗啊。"

那露自己也知道，游泳是比起其他任何项目都更需要专注的运动。没有可以展现良好默契的梦幻队员，也没有绚烂的技术可以弥补身体条件的不足，能够相信的，唯有自己跟水而已。

不仅如此，有的时候连水也不站在自己这边。虽然这是那露在游泳生涯里，早已深深体会的事情，不过，当自己的身躯也无法随心所欲行动的时候，还是格外地感到孤单。比赛一旦开始后就只剩下自己，必须要不断地与自己战斗才行。

对于教练的追问，那露感到不是滋味而且委屈，教练现在要仔细看的不是自己，而是金楚熙才对。那露觉得有必要确认教练到底是知情却装作不知道，还是真的不知道。

"但也有用精神力也无法赢过的东西啊。"那露说。

"你在说什么啊？"教练问那露。

既然事情都变成这样了也没办法，那露只好自己先把话抖出来。

"如果对手犯规的话呢？"那露问。

"犯规？昨天有人犯规吗？"教练反问。

分心很久的世灿一听到"犯规"这词就产生了好奇心，开始听他们说话。

"教练不觉得奇怪吗？金楚熙啊，她之前没有游这么快呀，我觉得她有点可疑，而且也只有她的泳衣会闪闪发亮，那真的是比赛用的泳衣吗？"那露说。

为了要说明金楚熙泳衣的疑点，那露不得不承认金楚熙速度很快，那露瞬间感到气愤极了。

"金楚熙的泳衣怎么了？"

队员们纷纷跑到视频画面前，靠近且仔细地观察金楚熙的泳衣，然而教练没有看向画面，而是看着那露。

"听你这么一说，只有她的泳衣特别闪闪发亮啊。"

沙朗在旁边帮腔："也太不像话了。"

静静待在一旁的胜男开口说："泳衣又不是蜘蛛侠那种穿了就会有超能力的衣服，是因为泳衣才输掉比赛，你觉得这理由像话吗？"

胜男的声音里带着失望与烦躁，世灿和东熙一听到蜘蛛侠，就朝彼此伸出手掌，开始模仿蜘蛛侠用手喷出蜘蛛丝的动作。原本小心观察着现场气氛的学弟学妹们，也因为他们开的玩笑而笑出声来。最后还是沙朗把这些搞不清楚状况的捣蛋鬼全部拉到了外面。那露讨厌在这重要时刻没有站在自己这边的胜男。

"你是不知道穿上连体泳衣可以加快速度吗？而且也有被抓到服用禁药的选手们啊。我只是说她可能有些可疑的地方，为什么你反应这么大？"那露说。

胜男也加以反击："好啊，就像你说的，就当那件泳衣很特别好了，所以呢？那又能提高多少成绩呢？"

"重点不是秒数的多寡，在决赛中，即使只是微小的差异也会造成致命的影响，不过，你没进过决赛应该不懂吧。"

那露的话让胜男一边的眉毛都颤抖起来。

"姜那露，你说话太过分了。"胜男生气地说。

"两个人都别吵了。"

在一旁看不下去的教练制止了这场争吵。那露和胜男互相别过头去。

"那露，如果金楚熙的泳衣有问题的话，我想她是无法出赛的。"教练说。

那露虽然想再辩解些什么，却已无话可说。

"看来，那露你需要一些时间，调整一下心情。"教练继续说。

那露的心情没有什么要调整的，全部都已经塌陷了。那露和胜男六岁时第一次在 YMCA 儿童体育团相识，两个人都从用鼻子喝水，不断呛到、咳水的阶段开始学习游泳，到现在，一个成为汉江小学游泳队王牌，另一个则成了游泳队队长。两个人一起经历学习游泳的酸甜苦辣，不管是在泳池内还是泳池外，是辛苦还是快乐的时候，那露的身旁总少不了胜男。这是胜男第一次转身背对那露。那露因为内心难过，根本没空去想自己给胜男带来了怎样的伤害。如同胜男不了解那露对赢得比赛的执着一般，那露也不了解胜男是多么期盼自己能晋级决赛。胜男也非常生气，站得离那露远远的，他们八年的友情出现了危机。

　　随着那露和胜男的友情吹起冷风，整个游泳队的气氛也变得冷飕飕的。不过也因为这件事，训练时没有人敢说任何玩笑话，训练变得非常踏实。而太洋来到游泳队队办，则是两天后的事了。

第四章

精英与业余选手

"大家好。"

包括那露在内的游泳队队员们，刚好全都待在队办里，太洋一对上那露的眼睛，就微微地挥了挥手。大家看了看那露，再看向太洋。那露只是下意识地耸了耸肩，胜男则是将太洋从上到下仔细地打量了一番。太洋身高比胜男高，身体瘦瘦长长的，长相呢……胜男突然莫名地将手机屏幕当成镜子，然后抓了抓自己的头发。

"你是二班的转学生对吧？郑太洋。"沙朗自来熟地说。

尴尬地站着的太洋马上点点头。

"哦，怎么会来这里呢？帮忙跑腿吗？"教练询问太洋。

太洋站在教练面前，再次弯下腰来打招呼："教练您好，我是六年二班的郑太洋，我想要加入游泳队。"

太洋突如其来的入队申请，吓到了在场的所有队员。不过，被吓到也是很正常的，因为大部分的游泳队成员，都是在放学后的游泳课程中，因实力出众而被推荐加入的，又或是由家长先跟教练讨论，在低年级时就提早进来学习的。太洋是第一个以这种方式，毫无预警地跑来游泳队毛遂自荐的人，但出乎意料地，教练倒是开心地接受了太洋的来访。

"是吗？来得好，太洋。胜男，你先带大家去体能锻炼室运动吧。"

说完，教练将训练日志递给胜男。大家虽然想留下来听他们的对话，但在教练的眼神示意下，都安静地把门关上，出去了。

"什么呀，他也是来练游泳的吗？"沙朗惊讶地说。其实那露也觉得很惊讶，只是没有表现出来而已。

"如果他是关系选手的话，在转学来之前，教练应该就会知道才对。"

胜男说得对，就算比赛成绩很不怎么样，但只要是关系选手的话，教练就一定会知道。就算全国的小学游泳选手超过一千五百名，教练们也依然认得出谁是谁。

"那么，他是现在才开始想学游泳的吗？"

"什么？都已经六年级了才要开始学，他没事吧？"

大家虽然用一种"怎么可能"的语气谈论这件事，但内心却有种也许队里会有新人加入的期待感，小小地兴奋着。

"嘘，小声一点。"世灿说。

世灿从刚才开始，就一直把耳朵贴在门上偷听太洋和教练的对话。本就什么都听不到，但光是把耳朵贴在门上，就有一种好像发现了什么秘密的感觉。世灿的眼睛炯炯发光。

"去运动吧。"胜男说。

胜男站在中间，大家往两旁移动，面对面围成一圈。一、二、三、四，大家配合着口令，开始做热身运动。

那露真的没想到太洋会来游泳队队办。几天前，他跟那露说想加入游泳队时，那露是好不容易才忍住没回"你以为加入游泳队很轻松吗？"这句话的。幸好那时是上课时间，如果是下课时间的话，那露一定会毫不客气地回他这句话的。那露非常讨厌那种自以为游得不错，随随便便就说要找她分出胜负的男同学们。虽然不知道太洋是为了什么来到这里的，反正教练是不可能接受他的入队申请的。那露比任何人都要清楚，只要是跟游泳有关的事，教练是不会轻易放水的。

那露对金楚熙泳衣的质疑，教练也干净利落地处理

好了。教练给那露看了国际游泳联合会网站上的比赛专用泳衣目录，那当中就有金楚熙的泳衣型号，只是知名品牌推出的闪亮亮的新产品而已，没有什么特别的地方。

"教练，对不起。"那露说。

其实那露自己也知道，这不是泳衣的问题，一切都只是金楚熙游得比自己快而已。但如果连自己也承认这点的话，就好像永远都无法超越她了。那露为此感到害怕，所以无论如何都想找个让自己脱身的借口。教练这次非得让那露亲眼确认事实的真相，说不定也是一种让她不要再逃避的警告吧。

"昨天你妈妈打电话给我，她非常担心你。"教练说。

那露想到自己这几天这么没出息的样子，觉得很惭愧，对妈妈和胜男的歉意如潮水般涌来。

"那露，教练觉得输赢并不是游泳比赛的全部。"

"但不就是为了要赢才参加比赛的吗？我想要赢得比赛。"

教练轻叹一口气，说：

"嗯，你说的也没错，但没有任何一位选手能一直赢下去，不论是谁都有输的时候，学习如何面对自己的失败，或许比赢得比赛还来得重要。"

教练有时会说一些那露听不懂的话，像上次让那露要好好调整心情，今天又说输了比赛比赢得比赛更重要。

不过就那露所知，并没有那样的比赛。

"我不知道教练说的是什么意思。"

"教练希望至少一次也好，你能好好地想想看，自己为什么要游泳。"

即使没有比赛，那露平常星期一到星期五，每天早上都会独自游泳一小时，然后放学后在游泳队待两个小时，做像今天的体能训练或是游泳训练，集训期间更是连星期天也不例外。虽然那露是因为喜欢才游泳的，但实际上也付出了许多辛苦。不过，不管是每天早上要起很早，在寒冷的冬天也要咬牙忍耐进入冰冷的水中，喘得心脏都快跳出来，还是再次出发，即使手脚酸痛，也一下都不落地完成跳绳次数，这一切，不都是为了赢得比赛才咬牙撑住的吗？那露不知道除了赢得比赛之外，游泳还有什么其他的意义。

"那露，你早就知道了吗？"

沙朗询问正分心想其他事的那露。

"嗯？知道什么？"

"我是问你知不知道郑太洋会加入游泳队的事，他不是坐你旁边吗？"

胜男装作一副漠不关心的样子，一边转动脚踝，一边专心地听她们的对话内容。

"我不知道，看来他把游泳队跟课后辅导课搞混了吧。"那露说。

那露开始跳绳，虽然自己也不知道为什么要跳，但还是先做再说。这是那露面对运动的态度。

当游泳队所有人跳绳跳到气喘吁吁的时候，太洋正坐在队办里，努力让心脏扑通扑通跳的自己冷静下来。自己终于踏进游泳队队办了，昨天还只能在瞭望台上远远地看大家练习的样子。一开始，教练也以为太洋是误将游泳队当成课后辅导课才来的，于是太洋有条不紊地向教练说起自己转学来到这里的故事。

"所以你父母也同意了？"

"嗯，不过他们跟我说，想参加游泳队的话，就自己想办法加入吧。"

"这也是一种考验啊。"

"好像是吧。"

教练一笑，太洋也不那么紧张了。

"那怎么办呢？我们不收四年级以上的新队员。你也知道，这里是训练游泳精英的地方，不是谁都可以进来的。"教练说。

太洋赶紧打开书包，拿出从家里带来的奖牌与奖状。这些都是他在业余游泳锦标赛中获得的奖，以防万一，他一个也不落地带来了。太洋心想如果获奖的质量不够，至少也要以量来取胜才行。

"业余锦标赛跟选手们参加的比赛有天壤之别呀，而且虽然这样说有点不好意思，但六年级加入的话确实有点晚了……"

教练觉得尴尬而没把话讲完。

"我知道，但我还是想试试看。"

太洋对无论是在妈妈面前，还是在教练面前，都无法好好说明心情的自己感到郁闷。即使如此，太洋也已经做好了准备，如果今天真的不能加入的话，就要抓着教练的裤管苦苦地哀求。

"现在是我最后的机会了，就这样升上初中然后放弃游泳的话，我可能一辈子都会感到后悔。"

太洋缓慢且坚定地说出这些话，即使自己的声音不断地颤抖着，不过，好像也因此将太洋的恳切传达了出去。

教练谨慎地说："倒是还有一个方法。"

太洋的耳朵突然竖了起来。

"好的，我做！"

"不，你先听听看再做决定。"

太洋一边搔头皮，一边笑着。

"下个星期有校内游泳比赛，如果你能在比赛中取得不错的成绩的话，我会考虑看看的。"教练说。

"好的，我要参加！"

教练仔细地看太洋放在桌上的每一个奖牌，一边看一边说："一百米自由泳，五十米蝶泳，一百米蝶泳，蝶泳……你主要是游蝶泳？"

"对，我的蝶泳游得很不错……的，是以前的教练说的。"

太洋直到现在都还在展现自己的独特魅力，教练不禁笑了出来。

"你这小子真是的，五十米蝶泳，你可以在 37 秒内游完吗？"

"我会在 35 秒内游完的！"

太洋很有自信地大声回复教练，鞠躬行礼后走出了队办。

第五章
人生楷模

太洋在教室后面的布告栏上贴着的二十多张名片中，一下子就找到了那露的名片，是金黄色奖牌造型的名片。太洋虽然也得到了很多奖牌，却从来没有梦想过要得到奥运会奖牌，因为他觉得那是跟自己不同世界的人所拥有的梦想。名片背面写着金牌得主——姜那露。可能是写得很用力的关系，字就像刻在奖牌上一般凹陷下去。下面提问的人生楷模问题旁，什么也没有写，只隐约地留下了写上"白"字之后擦掉的痕迹。

太洋虽然也很好奇名字以"白"字开头的人到底是谁，不过，他更好奇这个人的名字被写上去又擦掉的原因，这背后往往藏着重要的秘密，这是太洋从大多数推理漫画中学来的。

"那露，我好想你！"

那露打开大门一走进家里，白柳就跑过来猛地一把抱住那露。白柳已经将近一个月没有回家了，那露一方面很开心可以见到好久不见的姐姐，另一方面也觉得心情沉重。姐姐应该也听说了那露的比赛状况，因为那露也从妈妈那里听到，姐姐即将参加跳水比赛的消息，不管是哪个都不是好消息。不过白柳和到哪儿头上都顶着一片乌云的那露不同，整个人明亮爽朗，泰然自若到让人难以相信她是后天就要参加比赛的人。白柳从很久前就有能让周围的人感到放心的能力。

在白柳八岁、那露六岁时，两个人就开始一起学习游泳。托爸妈都是运动选手的福，她们俩进步飞快。在白柳进入体育初中就读之前，两个人一直都是一起运动。白柳从汉江小学毕业的时候，要搬出家里，住进学校宿舍，与这件事相比，无法再跟姐姐一起游泳的事实，更令那露难过百倍。

但就在去年冬天时，白柳突然说自己要放弃游泳，然后开始学习跳水。

"那露，你会来看我比赛吧？"

白柳的眼神里充满了希望那露一定要来看比赛的强烈期盼，然而那露却没有回答她。

"我也叫了胜男来看比赛，你们一起来吧。"白柳说。

"智胜男？"

"嗯，刚刚回来时在便利商店遇到的。"

"那他有说要去吗？"

"那当然啦，智胜男哪会违逆像天一般崇高的学姐所说的话呢？而且我们都是汉江小学游泳队队长阵线的成员呀。"

那么那露就有联络胜男的借口了。其实那露早就该跟胜男道歉了，明明下定了决心，但当真的碰到时，却又忙着躲开他。从胜男在训练时间里一句话也没跟那露说这点来看，他好像还在生那露的气。

"他是因为怕被姐姐骂，才说要去的吧。"那露想。

那露打开与胜男的聊天对话框，犹豫不决好几次，然后不知不觉就到了姐姐比赛当天。为了调整好身体状况，昨天晚上白柳已经先和妈妈出发去比赛会场了，所以不在家。

事实上，那露没有自信能独自一人去看比赛，并不是因为路途遥远或有危险，而是，如果真的亲眼看到姐姐跳水的模样的话，自己的心情可能会变得很奇怪。不过，要是那露这次还不去加油的话，姐姐一定会很失望的。因为那露已经假借各种理由，多次没去看白柳的比赛了。

这时，手机响起了短信通知声。

我在你家前面。上午 8:05

是胜男传来的信息。

"什么啊，只说让我去看比赛，却也没跟我说地点在哪儿，如果不去的话，不知道又会被说什么。反正，不管是白柳学姐还是你，真的都很奇怪。"

胜男一看到那露连声招呼都没打，就开始发牢骚。那露拖着嘀嘀咕咕的胜男，她原本打算一定要跟他说"谢谢"或是"抱歉"中的一句话的，但却从嘴里冒出完全不同的内容："你好吵，赶快过来，要迟到了。"

"比赛会场在哪里呀？"

"仁川文学游泳馆。"

"原来在那里啊。"

星期六早晨，地铁里没有什么人，两个人坐在角落的位置。

他们两个以前都去过文学游泳馆。那是那露第一次参加大型比赛。那天白柳在小学初等部①的五十米仰泳比赛中拿到了金牌，那露则在幼年部五十米自由泳比赛中得到了银牌。两个人一起将奖牌挂在脖子上比画胜利的照片现在还放在那露房间的书桌上。照片中，在那露头后方稍微凸出来的"鬼怪头角"，则是智胜男的手指。

—————————

① 初等部：韩国小学一到四年级被称为幼年部，五到六年级被称为初等部。

这只不过是三年前的事而已，但这三年之间有很多事情都变了，白柳也不再游泳了。

"你看过你姐姐跳水吗？"胜男问。

"没有。"

"我也无法想象白柳学姐跳水的样子。"

地铁轰隆轰隆地在桥上不停晃动。从摇晃的窗口可以看到阳光照耀在江水上，闪闪发亮。胜男说："你等下该不会又要哭了吧？"

"干吗哭，谁要哭啊。"

因为那露是那样倾注心力在游泳上，所以眼泪才会倾泻而下。对那露来说，游泳就是这样。白柳喜欢游泳的感情，也跟那露一样或是更深吧，反正绝对不会亚于那露的。那露就是因为知道这点，才会讨厌姐姐，也无法隐藏自己的怒火。

白柳升上初中后，不知怎么，身高和游泳成绩完全没有起色。以前只要每进步 0.01 秒就会跑来跟那露炫耀的白柳，不知从何时开始，就什么话也不再说了。

白柳渐渐从第四泳道变成第五泳道，再从第五泳道变成第六、第七、第八泳道。

大家一开始只觉得是暂时的低潮期而已，并没有太在意，但一直到冬季赛事结束，都没有任何白柳得奖的消息，家人们才开始渐渐紧张起来，急忙打听有名的让身体长高的门诊和中医，也去看了，却没什么效果。虽然事情不顺利，但那露万万没想到，姐姐会说要放弃游泳。

那露和胜男在文学体育馆站下车。从地铁下车的众多人中，那露一下子就能分辨出哪些是要去体育馆的人，因为去体育馆的人会跟着水的气味前进，那股气味的尽头有一道很大的玻璃门。那露有时觉得比赛会场是一个魔法空间，就好像魔法师们在空中挥舞魔法杖后，会开启一个秘密入口，走进去可以通往其他的世界一样，推开比赛会场大门的话，也会看到截然不同的世界。这是一个如果没有试着走进来，就绝对无法发现的世界。

一进到比赛会场，那露就闻到空气中弥漫着熟悉的氯水味。场内很快就变热了。走道上都是瑜伽垫，脚没有可以踩的地方。垫子上的选手们一边等待自己的出场顺序，一边热身或是玩手机。

那露和胜男上到二楼的观众席。和观众挤得水泄不通的游泳比赛不同，跳水池那侧的观众连一半也不到。那露有点惊讶这两种比赛的人气差异，原来在比赛会场里，还有那露不知道的另一个世界。

要找到妈妈其实不难，她正在最前排架设三脚架，做待会儿比赛录像的准备。

"你们来得刚好，比赛就快开始了，白柳刚才已经彩排过了。"

那露和胜男在观众席那边参观跳水比赛会场。两个人都只有在参加游泳比赛时远远看过而已，这是第一次站这么近看跳水比赛。有个和胜男一样高的选手在靠近水面、悬在空中的天蓝色板子上，像是玩跳跳板一样蹬脚跳起来。这样跳了几次后，他马上跳到超过自己两倍身高的高度，然后像陀螺一样，飞快地旋转身体，再径直穿越水面而下。跳水池看起来比游泳池还要蓝，也更深。

"怎么样？你们不觉得很美吗？同样是在水中进行的运动项目，但跳水和游泳的感觉很不一样。"那露妈妈笑眯眯地说，"现在那个选手跳的弹性踏板叫作跳板。用水泥做成的坚固的跳水台则称为跳台。"

最高的跳台比二楼观众席还要高出许多，胜男往上一看后摇了摇头，说："哇，好高啊，这是几米呀？"

"最高的是十米，白柳今天也会站上那里。"妈妈说。

那露和胜男静静地观察跳水选手们的比赛表现。

其实光是看选手们从绝壁般高耸的地方跳下来就觉得头晕了。也许大家都是一样的心情，因为在跳水比赛会场上，没有听到常喊的"Fighting"等加油口号，大家都是屏气凝神地观赛，直到选手跳完后，才像是松了一口气，拍手鼓掌。

女子初中部的比赛开始了。第一回合比赛，轮到白柳上场，她站在五米高的跳台上，那露看到姐姐左肩上贴着厚厚的红色肌内效贴布，觉得很心疼。

"姜白柳，101B，五米。"

嘀——蜂鸣声响起，白柳一步一步地用力向前迈开步伐，然后站在跳台尾端，举起双臂。大约维持这姿势5秒钟后，她纵身一跃，将头朝下，在空中抬起背部与臀部进行翻转，仿佛上面有谁正紧紧拉着缠绕在她腰部的绳子一般。转眼间，她再次伸直的身体落入水中消失不见，水面很平静，好像什么事也没发生一样。

"7.5，7，7.5，7，6.5，7.5，7。"

场内响起评审评分。

"满分是10分，这样也是不错的分数了。"妈妈这样说。

胜男突然站起来并伸直脖子，好像在找白柳，那露也稍微站起身来。白柳正在跳台后方一边冲洗，一边与其他选手聊天，和之前跟那露一起参加比赛时一样。看着不管是那时，还是现在都没改变，总是很快乐的白柳，那露心里有种苦涩的滋味，就这样看着她持续进行了两次五米和七点五米的比赛。

"现在只剩下自选动作了，白柳这次很认真地挑战并努力做了准备，说一定要展现给那露你看。"

妈妈好像在代替白柳向那露传达自己的内心话，但那露想看的是在游泳池里展现雄心的姐姐，而不是在跳台上的她。

　　"姜白柳，405C。"

　　那露抬起头看向十米高的跳台，姐姐一个人站在那又高又黑的地方。白柳在跳台的尾端转身向后，只用脚尖撑着，并张开双臂维持平衡，好像风轻轻一吹，她就会这样掉入水里。白柳慢慢地举起手，让双臂在头顶上方叠合，然后瞬间蹬地飞向空中，将身体弯成圆弧状，旋转两圈的同时身体朝下落下，然后在她伸直身体的瞬间，随着"啪"的一声，她背部着水面落水了。观赛的人们不禁发出"哎呀"的声音，那露马上站起来寻找消失在水中的白柳的身影。在人们开始喧闹之际，白柳将头探出水面，不知道是不是肩膀受伤了，她举起了一边的手臂，妈妈匆忙下去前往选手休息室。

　　"2.5，2，1.5，2，2.5，1.5，1。"

　　连对跳水不熟悉的那露也能看出，这不是个漂亮的跳水表现。虽然还剩两回合的比赛，但那露实在是不忍心看到最后。

　　"我就知道会这样，明明就不适合你，干吗还要选跳水。"那露想。

　　曾经是那露的第一个对手，也是第一个伙伴，更是人生楷模的姐姐，竟然在大家面前这么狼狈。

那露走出比赛会场后，坐在公园的椅子上，跟着跑出来的胜男则从口袋里掏出了卫生纸递给那露，看来胜男老早就觉得那露今天会哭出来。

白柳得了第四名，说得好听是第四名，严格来说，不管是第四名还是最后一名，都是没得奖只能空手回家的意思。回想过往游泳的时候，姐姐应该要感到气愤而流下眼泪才对，但白柳现在即使跳水只拿第四名也很开心，那露果然很难了解姐姐到底在想什么。姐姐只有一点和以前一模一样，那就是会在吃晚餐时，一直聊跟比赛有关的事情。

"在失误一次后，我也觉得今天已经没希望了，但心里还是觉得好可惜，这段时间我是多么努力地练习，所以我咬紧牙关，再次站上跳台。"白柳说。

"那你怎么不惋惜自己曾经那么努力练习游泳？"

那露用筷子用力地刺小碟子里的蒜头，筷子的底端碰撞到碟子底部，发出嗒嗒的声响，有颗蒜被弹了出来。

"那露，不要玩了，赶快吃饭吧。"

妈妈用夹子夹起肉放在那露的餐盘上。

"白柳你要好好静养，直到你的肩膀好起来为止。之前你太固执了，只好放任你乱跑，但现在绝对不能再这样了。"妈妈说。

"知道了，我会小心的。不过，那露你没看完我的比赛吧。反正，你只要觉得比赛有点不顺利就会这样，逃避也是你的坏习惯啊。"

"你说到底是谁在逃避。"

那露放下了筷子，反正看起来也没人在乎那露到底有没有好好地吃饭。

白柳在玻璃杯中倒满汽水后，将杯子举到眼前，说："不管怎样，在今天比赛的最后，我终于做到了。"

"对呀，入水声也很棒。"妈妈接话。

"入水顺利的话就会有一种感觉，仿佛数百个气泡就像一层薄被一般，包裹着我的身体，我在今天的最后就感觉到了。"

透明玻璃杯映照出另一边的姐姐的脸庞，也许是因为碳酸气泡的关系，姐姐的脸上好像有一颗一颗闪闪发亮的小星星，明亮又灿烂。那露心里没有其他想说的话，只是用筷子搅着饭而已。

第六章
校内游泳比赛

　　那露蹲坐在教室后面的置物柜前，出神地望着贴在置物柜里的课程表。她在老师发的课程表上，在第○节[①]和第七节、第八节的空格里，写上了"游泳"。星期一到星期五，每天的课程都不一样，但游泳却是每天都不变的行程。她试着用手指遮住课程表上写着"游泳"的字段，然后脑海中浮现白柳灿烂的表情。不过那又怎样，那露拿了书后，哐地将柜子的门关上。

　　那露前面飘落一张小纸，她下意识地捡起那张纸，纸上一面画着飞行的火箭，另一面则画着一只海豚在海洋里悠游，下面是像被强风吹过一般，严重歪斜向一边的熟悉笔迹：科学家＋游泳选手＝郑太洋。

---

① 第○节：第一节课之前的那段时间。——编者注

这是太洋的名片，人生楷模则写着布鲁斯·班纳。

"科学家就是科学家，游泳选手就是游泳选手，要什么帅。"

那露把这张讨人厌的名片用图钉狠狠地钉回布告栏上。

今天是校内游泳比赛的日子，也就是说，今天就能决定太洋到底能不能加入游泳队。自从太洋来过游泳队后，队员们就不断地逼问那露："那露，你问过郑太洋吗？他真的说要加入游泳队吗？"

"听说他游泳很厉害？那有说五十米游几秒吗？"

"你们那么好奇就直接去问他本人啊。"那露觉得很厌烦，问他们为什么要一直来烦自己，不过最后还是不断地被他们折磨着。

"你不是说他就坐在你旁边吗？"

但那露与太洋之间的"课本城墙"太高了，对慢慢聊这类话题形成了阻碍。即使如此，那露也不是完全没试过，虽然表面上装作不在乎，但实际上那露也很好奇。所以在几天前，那露趁老师转身在黑板上写字的空当，偷偷地靠近太洋，用只有太洋听得到的音量悄悄地问："你真的要加入游泳队吗？"

太洋被那露的问题吓了一跳，从铅笔盒中找出了某个东西递给那露。

是张字条，那露打开字条一看：上课时禁止闲聊。

这是上次上美术课时，那露在太洋的图画纸上写的字。那露突然脸红，太洋竟然把这句话撕了下来带在身上。

下课时间总会有很多女同学在太洋身边打转，今天他的人气更是不得了，因为老师在朝会时宣布，太洋要参加今天的游泳比赛。

"太洋，听说你要参加游泳比赛？那我等下去给你加油，我们应该要好好帮同班同学加油才行！"说这话的禹智敏明明一次也没有来看过那露的比赛。

太洋一副自己会加入游泳队，连入队申请表也会一并写完的架势。那露一点也不想看到他那副模样，于是理直气壮地在桌上的"课本城墙"上，又放上一本书。结果，和队员们的期待不同，那露并没有打探到任何跟太洋有关的情报，就这样来到了队办。

"唉，什么啊，姜那露。"

"问一下有这么难吗？"

跟预期的一样，队员们开始怨声载道，那露赶紧换上拖鞋逃往游泳池。

"等一下直接看比赛就会知道了，我先走一步了。"

六年级游泳队队员提早到游泳池帮忙做比赛的准备，教练正将写着"第二十五届汉江小学游泳比赛"的横幅挂在绘有汉江小学校徽的游泳馆花砖墙上，东熙站在旁边帮忙，沙朗、那露、胜男、世灿则分别负责第一、第二、第三、第四泳道，协助比赛进行。

报名比赛的同学们开始一个两个地聚集在游泳馆中，太洋也在其中。游泳队队员们的目光一致地集中在太洋身上。世灿慢慢朝太洋走去，然后问他："郑太洋，你游泳很强吗？"

在太洋想说什么的瞬间，紧急出口的玻璃门被打开，校长出现在游泳馆中，世灿匆忙地回到第四泳道。

校长穿着一身紫色正装，站在一群只穿着泳衣、戴着泳帽的参赛同学面前。

"汉江小学从很久以前开始，吸取碧绿又充满能量的汉江精气，是所培育出优秀人才且具有传统的学校。今天这场校内游泳比赛，可以提高作为学校门面的游泳队地位，同时也希望汉江小学所有的学生，都能在生活中享受游泳的快乐。在今天的比赛里，也请各位同学尽情展现深藏已久的才能，期待你们能成为不论结果如何，都能尽全力去做的汉江小学学生。"

每当校长移动的时候，衣服上那一排宝石纽扣就会反射游泳池的光，变得闪闪发亮。校长一说完，大家便弯腰向校长行礼。

"如果比赛的输赢都没区别的话，那就没有尽全力去做的必要了吧。"

那露自言自语地说着，教练和校长都一样，说一些令人无法理解的话。

参赛的选手们配合教练的口令开始做热身运动，并由游泳队在前面带头做示范。在一排一排的参赛选手中，有个人长得特别高而吸引了那露的注意，那个人就是郑太洋。

那露赶紧把头转过去，即使是同桌，没事装熟的话还是会让人困扰的。不过，即使刻意不去看，也觉得太洋那双在空中挥动的长手臂，在做操时很碍眼。结果那露不自觉地，一直偷偷瞄向太洋那侧。话说回来，感觉穿泳衣的太洋和在教室里的他不太一样。那露心想，幸好自己现在不是穿着泳衣。不过好奇怪，自己以前从来没有觉得穿泳衣很丢脸啊。

第一个比赛项目是一年级二十五米自由泳，身高还不到那露腰部的一年级的孩子们到前面排队，其中有个孩子在腰部系了一个很像乌龟壳的助浮器，泳帽上戴着"蛙镜"，简直就是只不折不扣的小乌龟。选手们一边扑通扑通地打水，一边努力地向前游，坐在二楼瞭望台的爸爸妈妈们，紧紧贴在玻璃窗上帮孩子们照相，火热加油的程度不输给全国大赛。

比赛顺利地进行下去，有个三年级选手可能是喘得太厉害，游到一半就站了起来，休息一下后才再次出发。

还有一个五年级选手一出发泳帽就掉了，抵达终点时，整个人变得跟水鬼一样。不过，不仅是这两位选手，大家都不在乎比赛输赢，玩得非常开心。

终于轮到最后的六年级五十米蝶泳比赛，参赛选手共三名，包括连续三年都在课后辅导课学游泳的一班的崔在亨，在小区体育中心锻炼实力的五班的朴建河，还有无法捉摸其实力的谜一样的转学生郑太洋。那露抬头看瞭望台，禹智敏和同学们聚在一起，正朝着太洋挥手。

然而太洋从刚刚开始就一边热身，一边专注地看着游泳池里的水。

"专注力还不赖。"

那露看着等不到回应，挥到手快断掉的禹智敏，心里有点幸灾乐祸。

比赛以抽签的方式决定选手泳道，太洋抽到那露负责的第二泳道，那露站在太洋后面一步的位置上。因为站在游泳池前，太洋看起来也像极了游泳选手。胜男和世灿为自己泳道的选手喊加油口号，那露则装作没听到，然后做些无关紧要的事。此时，太洋喊了那露的名字。

"姜那露。"

那露用不情愿的表情看着太洋。

"也为我加油啊。"

太洋看着那露并露出笑容，红润的嘴唇上扬，描绘出一弯细细长长的明月。瞬间，那露莫名地紧张起来。

听到教练的口令，太洋弯下腰摆好出发姿势。哨音响起后，三名选手用力一跳，在游过二十米距离点后，崔在亨和郑太洋的实力不相上下，稍微一个闪失，太洋可能就会输掉比赛。不管太洋是赢还是输，都和那露没关系，直到今天早上为止她都还是这样想的，然而此时那露朝着转身后游回来的太洋大喊："第二泳道加油！"

她实在是无法喊出太洋的名字，胜男和世灿也跟着喊："第三泳道加油！""第四泳道加油！"

太洋渐渐加快速度，比赛在瞬间结束。那露把毛巾递给抵达终点线后整个人还喘得很厉害的太洋。

太洋这次比赛以 35 秒 98 的成绩获得胜利，教练对太洋说出了他期盼已久的话："明天开始，放学后来游泳馆吧。"

于是汉江小学游泳队迎来一名六年级的大龄新队员。

"郑太洋比我想的还厉害啊。"

回家路上胜男提到了太洋的事，东熙在旁点点头。

"对呀，你们看到瞭望台上来看他比赛的女生们了吗？太夸张了。"

沙朗说这话时，那露静静地咀嚼着珍珠奶茶里的珍珠，软弹的珍珠在嘴巴里跑来跑去，要慢慢且仔细地咀嚼才行。

"为什么？他很受欢迎吗？"

世灿玩着手机游戏还听得这么清楚，真是天生的一心多用选手。

"他长得帅啊，身高也高。"沙朗将手机紧紧地抱在怀中。

走在前面的胜男转头问："姜那露，你也觉得太洋帅吗？"

胜男突如其来的问题，让那露正在咬的珍珠顿时卡在喉咙里。

"喀，喀，喀喀。喂，你在说什么啊？"

沙朗拍着那露的背。

"是吧？还是我比较帅吧？"

胜男就那样擅作主张解读后，一边喝着珍珠奶茶一边往前走远了。

转身

第七章

梦幻组合

竟然游出 35 秒 98 的成绩。

虽然没有在朋友们面前表现出来，但那露昨天看到太洋的实力时也被吓到了，这样的成绩，就算无法挤进全国大赛前三名，也是足以通过预赛了。现在，对那露来说，太洋不再只是以前的太洋，而是以五十米蝶泳个人成绩 35 秒 98 进入游泳队的太洋。

那露心想，现在可以拆掉那个挡在自己与太洋之间的"课本城墙"了，不过，这也只是出于对同样身为游泳队队员的朋友的礼貌罢了，跟昨天的成绩一点关系也没有，那露在心里划清界限。

那露站在走廊上清一下喉咙后，打开前门走进教室。不知道为什么，教室里的气氛从一大早开始就乱七八糟的，太洋看着傻愣住的那露说："看来今天好像要换座位呢。"

事情不应该是这样的，那露突然心急起来。不知道太洋到底明不明白那露现在的心情，他还亲切地将"课本城墙"推往那露这边。

"这摞书也要好好地收起来。"

太洋甚至开始整理起他的东西。

"你自己才要好好收呢。"

那露嘴里冒出一句尖锐的话，太洋睁大了眼睛，看着那露。

这时，班长突然走到那露前面，递出一个箱子，这是换座位的抽签箱。那露一副已经等很久的样子，马上伸手一抽，抽到靠窗边一列的最后一个位子。下一个抽签的太洋则抽到靠走廊一列的第一个位子，那露和太洋瞬间成为这间教室里，座位距离最远的两个人。禹智敏坐在太洋旁边，她在确认自己的座位后，就大声嚷嚷着："啊，是坐在最前面啊……"

很明显只是表面上装作不开心而已，果然不出所料，她坐在太洋身边，还装出一副很熟的样子。太洋坐在那露旁边的时候，明明就没有这么多话好说，现在坐在禹智敏旁边，却聊得很开心。

到了第二节下课时间，那露觉得自己的肚子好痛，是就算去厕所也无法缓解的疼痛。原本在想要不要去医务室休息，但最后却改变主意不去了。因为下节课是体育课，不能因为只是肚子有点不舒服，就错过一个星期仅有三次的体育课，如果真的还是不舒服的话，忍到第四节数学课时再去医务室就好了。再加上今天体育课要玩的是保镖躲避球，那怎么能少了六年二班的躲避球王那露呢。

男生和女生在运动场上，各自按照身高顺序排成一排，那露是女生组十二号，太洋则是男生组十二号，虽然两个人在教室里的座位相隔很远，但在运动场上却是并排在一起的。禹智敏马上举手跟老师说："老师，为了纪念今天换座位，就让坐在一起的同学们同一组吧。"

同学们朝着禹智敏发出一片嘘声。

"老师，我们不想换。"

"哎呀呀，什么啊，看来禹智敏想跟郑太洋搭档呢。"

禹智敏一点也不害羞，一副理直气壮的样子，太洋则是不知道怎么办才好。那露一看到他那副模样，肚子就再度绞痛起来，她开口说："老师，我希望可以按照原来的身高排序分组。"

禹智敏狠狠地瞪了那露一眼。

"那就照原来的分组吧，那露和智敏你们先出来。"

老师将躲避球实力顶尖的那露与智敏指派为两队的队长，那露和智敏面对面站着看着彼此，然后为了公正

地选出自己的队员大声喊出："剪刀、石头、布！"

　　那露用力喊出"布！"的同时，大大地张开了自己的手掌，禹智敏则出了石头。那露拿到了第一轮的队员选择权，禹智敏看着那露的眼神里，不久前的逞凶斗狠消失得无影无踪，如今只剩下恳切的期盼。那露指着太洋说："郑太洋。"

　　禹智敏摆出一副哭丧脸。太洋走到那露后面站着，然后悄悄地跟那露说："你为什么选我啊？"

"因为你很会打躲避球。"

　　"我没有说过我很会打啊。"

　　那露假装没听见他说的话，禹智敏后来连续猜赢三次，但看起来一点也不开心。

　　那露和太洋成为同一组。保镖躲避球游戏过程中，同组两个人的默契配合很重要，因为游戏规则是男生只能攻击男生，女生也只能攻击女生。所以当敌队男生攻击时，同组女生就要站到同组男生前面保护他，反之，当敌队女生拿到球时，同组男生也要挺身而出，帮助同组女生不被球砸到才行。

那露不愧是名副其实的躲避球王，不断穿梭于场上。男生们丢过来的球，她眼睛连眨都不眨地一下就接起来了，太洋根本没有闪躲的必要。但如果是禹智敏拿到球攻击的话，那露就会赶快躲到太洋的后面。其实只要那露下定决心的话，不管多少个球飞来，应该都可以把球接住，只不过今天她决定要在禹智敏攻击时，好好地躲在太洋后面。看到那露这副模样，禹智敏更加生气，从而将炮火集中攻向那露。

太洋虽然从没说过自己很会打躲避球，不过事实上，他躲避球是真的打得很好。他在每个危险的瞬间都迅速地保护了那露，然后当攻击机会来临时，他能温柔又精准地命中敌队队员的屁股。那露和太洋合作无间，像是同一副身躯一般，飞跃于躲避球球场上。最后场上只剩下他们两个人，所以那露这队以二比零获得胜利。

"这样太强了不行，从下次开始，那露和太洋不能分在同一队哦。"老师说。

不管老师说了什么，那露都觉得心情特别好，追求胜利果然是一件令人感到刺激又兴奋的事。

那露朝着太洋举起了自己的手，太洋也举起手来和她击掌。

"等下一起去游泳队吧。"

那露对太洋说，这是她第一次对太洋笑。

"嗯。"

太洋也笑着回答，那露蹦蹦跳跳地跑回教室。

太洋摸了刚刚被那露抓住的上衣衣角，下摆部分顺着那露紧抓过的痕迹被拉长，沉静而无任何图案的蓝色部分留下了波纹。

太洋昨天晚上到很晚都还醒着，照理说，自己在游泳比赛中用尽了全力，应该会倒头呼呼大睡才对，但却怎么也睡不着。只要想到当太阳升起后，自己即将以游泳队正式队员的身份接受第一次训练，他就觉得内心澎湃不已。

在比赛开始前，太洋就觉得在泳道尽头的终点上有一道自己必须开启的门。虽然他无法知道在这扇门后面还有几道门在等着自己，但如同获得胜利那瞬间的欣喜一般，太洋的心中也澎湃着通过第一道门的喜悦，太洋想要帅气地完成游泳队的训练。

"欢迎你，我是队长智胜男，专项是自由泳。"

"你好，上次见过面了吧，我是金沙朗，我什么泳姿都会游，可以说是万能吧。"

"喂，你好意思说自己万能啊！我是朴世灿，专项仰泳，昨天看比赛发现你还挺强的呀，今天要不要跟我比一下？"

"申东熙，蛙泳。"

"我是自由泳，一起努力吧。"

那露说完之后，学弟学妹们也一个接着一个做自我介绍，太洋觉得智胜男这个名字好像在哪里听过，可是却记忆模糊，想不起来。

"我是郑太洋，从小学三年级开始学游泳，但这是我第一次加入游泳队，请多多指教。哦，我的专项应该是蝶泳。"

听完太洋的自我介绍后，队员们开始鼓掌，掌声很响亮，听起来像游泳馆内有数十人在场似的。太洋听到这掌声后，也稍微感到放心了。太洋将目光转向游泳馆，虽然昨天比赛时已来过这里，但汉江小学的游泳馆对太洋来说，还是个陌生的地方。不过，不管去全国哪一个小区，游泳馆都长得一样，明亮的灯光与氯水味，还有在清澈见底的水面上绵延伸长的泳道绳。太洋心想，终于找到最适合自己的位置了。

"嗯，都打过招呼了吧？那么蝶泳、仰泳、蛙泳、自由泳各五十米，IM^①两百米，开始吧。"

听到教练的话后，大家有条不紊地排成两列，太洋

---

① IM：个人混合泳，一个人按照蝶泳、仰泳、蛙泳、自由泳的顺序连续游泳。

站在那露旁边，这是和昨天比赛一样令人紧张的时刻。哨音响起后，那露和太洋跳入水中，太洋很喜欢那种从指尖开始，再到全身与水碰撞的感觉，所以每次都会奋力地跳入水中。

太洋用眼角余光确认隔壁泳道的那露游到了哪里，虽然她目前稍微领先自己，不过是完全可以追上的距离。太洋很好奇那露的速度到底有多快，于是肚子用力，使出全力踢水超越那露，触碰出发点后再次游回来时，还听到了队员们吹的口哨声。现在他换成了仰泳，因为游仰泳时很难确认那露的位置，所以太洋更是拼命地摆动手臂往前游。太洋再次回到出发点，在转身之后开始游蛙泳，现在终于可以清楚地看到前面了，却看到那露从对面迎面游来，她已经快要游完蛙泳了，虽然太洋到最后都没有放弃，一直全力地向前游，但他还是被对面以自由泳游来的那露所划开的水推往一旁。在太洋游到折返点之前，那露已经完成了她的两百米个人混合泳，快到让人不禁怀疑那露的泳道是不是短了五米。不过，太洋也因此一下子就体会到，为什么那露的专项会是自由泳了。太洋一抵达终点，就把身体挂在靠近那露那侧的泳道绳上，因为喘得太厉害，所以很难好好地说话。

"姜那露……呼……你你……游好快啊！太帅了！"太洋说。

那露脸红了，还在后面等候出发的队员们也全都笑了出来。

"太洋啊，你不要随便挑战那露哦，她可是不同等级的。"

沙朗一边挥动手臂，一边对太洋说。那露觉得很不好意思，走到了远一点的地方，然后装作没有听到他们的对话。

太洋这才体会到，自己那时无法跟妈妈说明白的是什么了。他在比赛场上看到的游泳队选手们很不一样，在那瞬间，大家明明身处在同一个比赛会场上，却存在着一个只有他们自己才看得到的世界。围绕在他们周围的空气不一样，站在出发台上的紧张感也不一样，还有对触壁获得胜利的渴望感也不一样，太洋想要进入他们的世界里看一看。然而，如此灿烂发光的选手，现在就站在太洋的面前。

世灿朝着一脸呆滞，还在调整呼吸的太洋说："郑太洋，你仔细看清楚我这个前辈的泳姿吧。"

世灿和他旁边的胜男跳入水中后出发，太洋仔细地观察两个人游泳的样子，世灿的摆动没有任何多余的动作，非常顺畅，胜男则是很有力地打水前进，水花停留在胜男游经的位置一会儿后才消失。

"呵呵，朴世灿！你是想展现什么给新队员看才这么拼命地游啊？好呀，那大家今天都全力以赴地游吧！"
双手插在胸前，在一旁看着大家的教练边笑边说。

"啊，有种不好的预感……"

等待出发的沙朗一边叹气，一边将露出泳帽外的头发再塞回帽子里。

如世灿所愿，不，是如教练所愿，太洋真的在第一次训练的这天看到了些什么。他首先看到了耀眼的那露，虽然是在明亮的大白天里，他的眼前却升起了这颗灿烂的星星。还有，即使自己是做好了准备才来到这里的，但游泳队的训练真的不开玩笑，再这样下去，自己的胸口可能就要爆开了。这个想法在太洋的脑海里大约闪过了三次，不过每当那时，那颗星星就会浮现在自己的眼前。训练结束要回家的时候，太洋觉得自己的脚有如千万斤重。

"你觉得今天很累啊？不过不用太担心，因为明天也会一样累的。"

世灿不断捉弄着太洋。

"朴世灿！都是你害我们今天平白多训练了两倍的量！"

沙朗朝着世灿伸出手，世灿则迅速躲到太洋后面。

"这为什么是我害的呀？严格说起来，是郑太洋害的吧。"

沙朗和世灿不断地追逐与绕圈，太洋则夹在他们的

中间。折腾许久后，世灿终于在岔路口处逃走了，东熙则长久以来都保持着一句话都不说就消失的风格。

那露和胜男并肩走在前面，太洋看到两个人的背影后才想起来，智胜男这个名字是在哪里听到的。这是同学们在美术课上闹着玩说，是和那露青梅竹马的那个人的名字，太洋小心翼翼地问沙朗："所以，胜男和那露到底是什么关系呢？"

"是有很多人觉得他们关系不一般，他们从幼儿园就认识了，双方的家人也都很熟。你为什么要问这个？"沙朗说。

"没有啊，只是好像听说过他们两个关系很好。"

沙朗停下了脚步，把手放在太洋的肩膀上，说："太洋啊，我是以防万一才跟你说的……"

不知道沙朗到底想说什么，她突然卖起了关子，然后神秘兮兮地用很小的音量对太洋说："不要在那露面前说这种话，不然你会完蛋的。"

然后她就说起她一直在研究的出发姿势，将内容加以润饰的话，大概是说选手应该可以克服 0.65 秒的出发极限，她还要以"爱的出发"为名，向游泳联合会申请专利之类的。虽然不知道沙朗的出发姿势有多么特别，但对现在的太洋来说，走在前头的那露，才是他眼里最特别的人。

第八章

第十三，第十四，第十五

　　太洋比那露所预想的还要认真地投入了游泳队的练习中，原本每天早晨都是由那露为一片漆黑的游泳馆开灯的，但现在有的时候，太洋会更早抵达游泳馆，然后在门口等那露来。明明他是第一次进行体能训练，却完全没有喊痛。在做完全部的训练，第二天上楼梯时，他的步伐摇摇晃晃的，看起来很不舒服。太洋还在吃完午餐后上第五节课时，因为不断打瞌睡而被老师点名，那露觉得太洋弯着脖子睡觉的样子很有趣。

　　"为什么偏偏第五节课都是社会课呢，如果是科学课的话，我就不会打瞌睡了。"只要那露取笑太洋打瞌睡，他就会说出这个不像话的借口。不过，在上科学课时，太洋的眼睛的确炯炯有神，发着光。上个星期做科学实验的时候，太洋那一组还得到了老师的称赞。

那露看着那样的太洋才意识到，他说过想当科学家也想当游泳选手的梦想，原来不是在耍帅而已。即使内心有两件想做的事情，也不代表其中一件事情的比例一定占了百分之五十，而且说不定太洋是内心容量比别人还要大的人。

"不过，听说你只有在第五节课才会打瞌睡？东熙他从第一节课就开始睡了。"

听到沙朗的话后，东熙觉得很不好意思，用手指揉了揉鼻子，说："对了，你们科学观测作业要怎么做啊？"

"不知道，我晚上时都被困在补习班里。"

世灿嘀嘀咕咕着，这次的科学观测作业是要观察月亮一个月内的变化。

太阳慢慢地西下，那露和胜男到了家前面的公园里，因为公园里有个宽阔的广场，很适合观赏夜空。那露和胜男坐在广场正中间，虽然这个地方原本是为了练习骑自行车而盖的，但比起自行车，来到这里散步的小狗却更多。现在远方就有一只小狗正蹦蹦跳跳地玩耍着，不过仔细一看，牵着绳子跟在小狗后面的人，不是别人，正是郑太洋。太洋开心地朝着那露跑来，说："你们在这里干吗呀？"

胜男递出一张月亮观测学习单，说："科学作业，你带狗出来散步吗？"

"嗯，我总是带它走这条路。"

这是骗人的，其实太洋之前听到那露跟胜男说要出来做作业的对话，所以从刚才开始就一直在公园里晃来晃去的。太洋嗖的一下坐在那露旁边，小狗也东闻西闻着那露和胜男的味道，然后马上跑到那露的膝盖上坐着。那露摸了摸小狗，说："它好可爱，叫什么名字呢？"

"莱卡。"

莱卡和三个人坐在一起，面向南边观看天空。因为天色还很亮，所以还看不到月亮。太洋指着云飘过的西方天空，说："据说五十年前出现了第一个登陆月球的人。"

那是在三个人的爸爸妈妈出生之前的事了，也大概是那露活到现在的岁数四倍长的时间。那露问："那现在总共有多少人成功登陆过月球呢？"

"嗯……好像是十二个人，应该吧？"

"哎呀，怎么只有这些人。不过，你到底是怎么知道这些的呀？"

胜男觉得很神奇而提问，太洋就笑着回答说："因为我也很想去月球。不过，最近很少发射载人进入太空的飞行器了，都是载机器人上去，毕竟很危险嘛。据说当时的人们在一开始也认为，人类去太空会有危险，所以才会先把动物送上去。"

太洋给他们讲了一只独自在太空因恐惧而发抖，

最后孤独过世的狗的故事，它的名字就叫作莱卡。那露紧紧地抱住了坐在自己膝盖上的莱卡。太洋说："总之，我以后一定要登上月球。"然后又补上一句："一起去吧。"

太洋说得好像月球是搭飞机就可以抵达的邻近国家似的，那露和胜男都扑哧一下笑了出来，连在一旁的莱卡也跟着汪汪叫。

"那我们就会成为第十三、第十四、第十五个登陆月球的人啦。"

那露一边指着太洋、胜男和自己，一边说着。

"那也把莱卡带去吧。"胜男这么说。

"嗯……如果莱卡想去的话。"

那露和胜男听了太洋的话后，静静地点了点头。

天色渐渐暗下来，可以看到西边天空中的一弯明月，那露将左手食指当成火箭，朝着月球发射。飞行中的食指火箭划出一道抛物线，然后指甲前端的白色边缘，平安地抵达那弯明月上。

"不过……到了那上面也可以游泳吗？"

胜男听到那露的疑问后，一边叹气一边说："啊，姜那露，你怎么每时每刻都只想着游泳啊？"

那露笑了："只是很好奇嘛。"

在胜男和那露旁边陷入沉思的太洋开口说："虽然

不知道在月球上能不能游泳，不过，会有一种在游泳的感觉。"

"为什么？"

看起来这次是胜男比那露还要感兴趣。

"在太空时身体不是会飘浮起来嘛，所以反而会比较难走路。"

"我们不是对飘浮前进很有自信嘛。"

"这是东熙听到会很喜欢的话题呢。"

脑中浮现打赤脚飘浮在月球上的东熙的模样，胜男不禁笑了出来，说："金沙朗就算去了那里，应该也会用自己的名字创造出个什么吧。"

"没错。而且如果那里没有办法用手机的话，世灿大概也不会想去。"

他们一起大笑，三个人的内心朝着月亮，微微地向上升起，他们约好这一个月每天晚上六点都要在公园见面。

"那些资料打开手机程序的话全部都有，干吗还要辛苦地跑去外面观测啊？"世灿听到他们要每天一起做月亮观测作业后，用一副觉得他们很可怜的口吻说道。东熙也在一旁摇摇头。不过，说出这些话的世灿和东熙才是不了解情况的人，那露、太洋和胜男三个人都很开心可以用科学观测作业为借口，在外面玩到很晚才回家。有时候，那露会在前面骑着自行车，胜男、太洋和莱卡为了要抓到那露，会在后面追着她跑。那露骑着自行车四处逃跑乱窜。绕公园两三圈到七点整时，他们会一起趴卧在地上画月亮，吃着那露带来的水果软糖。

傍晚的风变大了，月亮则每天都一点一点地产生变化，即使位置看起来和昨天一样，却是每天都一点一点地从西边移往东边去。月亮的形状也在不知不觉中，从眉月变成了上弦月，然后再变成了满月。看到月亮在自己眼前缓慢却真实地发生变化，这给每天都要早起游泳、上课，然后再游泳，疲倦地度过日复一日的生活的那露，着实带来一些安慰。

说不定只是那露自己没发现而已，其实有很多事情正在产生变化。

那露突然感到好奇，问："你们上初中后还会继续游泳吗？"

不管是胜男还是太洋，谁都没有爽快地马上回答说会，这让那露有点难过。

"我是五比五。"

胜男放下手中画月亮的铅笔，回答道。

"你是说什么五比五呢？"太洋问胜男。

胜男稍微停顿一下后才接着说："想要继续游泳的

心情占了一半，想要就此打住的心情也占了一半。"

那露什么话也没有说。

"听说从初中开始竞争真的很激烈，但我只是头衔是队长而已，成绩也没有一直在前几名。那姜那露你会去念体育初中吗？"

"体育初中？"

太洋感到惊讶而再问了一次。

"嗯，而且白柳学姐也在读体育初中。"

"白柳学姐？"

"啊，是那露的姐姐，也是我们游泳队的学姐……"

胜男的话讲到一半，然后看了一下那露，她正把已经涂得黑黑的月亮，毫无意义地再涂黑一次。不应该提到白柳学姐的，上次一起看跳水比赛的那天，那露也是这样的表情，胜男突然站起来，抓住莱卡的牵引绳。

"我带莱卡去散一下步再回来。"

莱卡好像听得懂"散步"这个词，它兴奋地朝公园对面狂奔而去，偌大的广场上只剩下那露和太洋两个人。

"原来你要去读体育初中啊。"

太洋的声音不知道为什么，听起来有气无力的。

"体育初中不是说想去就能去的，只有厉害的人才能去读。"

"如果可以的话，我想继续游泳，不过，我爸妈希望我能放弃游泳。"太洋说。

"为什么？"

"他们让我不要走运动这条路，希望我能好好地读书。因为要靠运动获得成功，是非常非常非常非常厉害的少数人才能做到的，只要我成绩退步的话，他们可能就不让我参加游泳队了。"

"你书念得很好啊，有什么好担心的？"

"你游泳游得很好啊，有什么好担心的？"

那露和太洋对视了一下，大笑起来。

"原来别人的事看起来都好简单。"

"对啊，因为是别人的事所以都很简单吧。"

那露看着点着头的太洋，在心里想着，原来对太洋来说，他也有他自己的苦衷与难题。那露回想后发现，自己都还没问过太洋为什么会这么想加入游泳队。

"郑太洋，你为什么想要游泳呢？"

那露把教练问自己的问题拿来问太洋，因为那露也好奇，在太洋的身上会不会有即使自己想破头都找不到的答案。

"因为很有趣才游的呀。"

跟那露想很多的苦恼不同，太洋非常轻易地给出了答案。

"你做完那些特别辛苦的训练后，怎么还可以说出这种话来？"

　　"那你又是为了什么而游泳的呢？"

　　"我只是跟着姐姐一起游着游着就……"

　　那露跟太洋说起自己刚开始学游泳的事，那天的情景到现在还历历在目，差不多是白柳开始学游泳三个月时发生的事。

　　那天雨下得很大，妈妈和那露合撑一把伞，要去接白柳回家。顺着一栋庞大建筑物的阶梯往地下走时，那露闻到生平第一次闻到的气味，这股气味在她的鼻尖里不停打着转。从楼梯尽头的玻璃门往里面一看，眼前出现了一片小海洋，而白柳在那片海洋上游泳的模样，对那露来说，就像是童话故事中的美人鱼一样。

　　"从那时起，我就一直缠着妈妈，让她也送我去学游泳，但妈妈却说我还不能学，我还把姐姐的泳衣藏起来，让她无法去游泳。"

　　那露好不容易能说出小时候与姐姐一起游泳的事情，所以很开心。

　　"姐姐和我约好了要一起成为国家代表队选手……"

　　"只要去做就可以了呀！那露你一定可以做到的。"太洋毫不怀疑地回答。

　　"不是那样的，是我姐姐现在已经不再游泳了。"

　　"但你不是说她在读体育初中吗？"

"她转换到跳水项目了。"

"跳水？为什么？"

"不知道。"

如果知道为什么的话，那露的内心是不是就不会这么痛苦了呢？那露实在是难以接受姐姐的选择，虽然很想问姐姐到底是为了什么，要像逃跑一样彻底放弃游泳，不过，终究还是无法对姐姐说出这些话。每当那露看着家人们那种仿佛姐姐从一开始就是学跳水到现在的样子，她就觉得好像只有自己活在不同的世界里。然而现在，在姐姐身上已经很难找到跟游泳有关的痕迹了。

那露有好一阵子都没有说话，即使太洋没有特地问那露，他也好像知道了那露名片上那个被擦掉的名字，以"白"字开头的人生楷模的真实身份。太洋又解开一个谜题了，不过，却解不开从刚刚开始就皱成一团的那露的表情。

"去问问你姐姐吧。"

太洋突然站起来，沾在他屁股上的灰尘也跟着飘落，然后又说："你姐姐应该也是很不容易才做出这个选择的吧。"

在与太洋分道扬镳回家的路上，那露骑着自行车离胜男远远的，因为心里还是很在意他刚刚说的五比五的答复，胜男好像也知道那露在想什么，所以没有特地走到她旁边。那露想到，就像姐姐一样，很快地，胜男有一天也会不在自己的身边，如果那天真的到来的话，自己还会不会继续游泳？那露也没有把握，因为能让她一直游下去的人、事物，正在一个一个地消失。

到了公寓的入口处，那露从自行车上下来，然后转头看着胜男说："喂，智胜男，你刚刚很明确地说是五比五。"

胜男站在那露前面，一脸疑惑那露为什么要这样说，然后马上回答："嗯，是五比五没错，我确定。"

那露这才安心地挥挥手，至少胜男说的是五比五，而不是像姐姐一样，是十比零。

搭电梯上楼时，太洋发来了信息。

那露，那就跟我一起吧。晚上 8:40
什么？晚上 8:42
还能是什么，当然是国家代表队！！！晚上 8:43

那露扑哧一声笑了出来，说要一起做的事情有两件了，不过，反正自己也不讨厌。

那露躺在床上，再次打开通信软件。

那露的心情还有点兴奋，无法这样入睡，她又点开了置顶在聊天界面上的姐姐的头像，这是去年夏天白柳

和那露一起在游乐园拍的照片，装扮成美人鱼的人站在
她们中间，白柳和那露则把手摆在眼睛旁边，比出 V 形
手势。那露今天想到了跟姐姐之间的往事，心里却没有
感到愤怒。

> 姐姐你睡了吗？ 晚上 9:10
>
> 还没，怎么了？ 晚上 9:16
>
> 没什么。晚上 9:17
>
> 发生什么事了吗？ 晚上 9:20
>
> 没有。晚上 9:20

　　不过，实际上发信息给姐姐后，那露才发现无话可
聊，明明以前每天晚上都会发信息给彼此，聊聊当天的
训练过程和游泳成绩的。那露把屏幕关掉后躺回床上，
然后再次拿起手机，打开聊天界面输入信息。

> 明天训练好好加油，不要受伤了。晚上 9:37
>
> 哈哈。这句话好像在哪儿看过。晚上 9:38

　　这是以往每当她们差不多要聊完时，白柳总会在最
后跟那露说的话。

我要睡了。晚上 9:40

那露这次真的把屏幕关掉，睡着了。

第九章

爱的出发

教练在白板的月历上圈起一个红色的圆圈，日期是
8 月 28 日。

"下个目标是总统杯全国游泳大赛。"

总统杯游泳大赛是去年那露第一次输给金楚熙的比赛。

"我们在 8 月达成今年夏季的最终目标吧，你们每
个人都要好好想一想，自己要比现在的成绩还要减少多
少秒数。"

上次比赛金楚熙的游泳成绩是 26 秒 75，那露的个
人成绩新纪录则是 27 秒 75，只要再快一秒，就可以追
上她。不过，在游泳的世界里，以 0.01 秒的差距分出胜
负的比赛数不胜数。泳池外的一秒和泳池内的一秒，其
分量有天壤之别，那露的内心因此感到沉重。

"教练你帮我们定目标不就好了嘛。"

世灿讨厌复杂的事情，他说自己会选游泳，也是因为他喜欢游泳只要从头到尾往前进就好。不过，每当世灿这么说时，教练都会回他说，游泳并没有这么简单。

"自己定目标，教练的职责只是从旁协助而已。啊，不过，我有一项任务要给你们，胜男、世灿、东熙。"教练说。

"在。"

"和太洋一起准备团体混合泳接力赛吧。"

"团体混合泳接力赛吗？"

"没错，好不容易才有了蝶泳选手，你们不想试试看吗？"

如果把团体混合泳接力赛想成水中的接力赛就容易理解了。团体混合泳接力赛是指四位选手分别按照一百米仰泳、蛙泳、蝶泳、自由泳的顺序接力游泳，并将游泳成绩全部相加计算的项目。去年学长学姐们还可以组队参赛，但今年六年级男生队员只剩下三个人，所以只好放弃团体混合泳接力赛这个项目，而且五年级要能赢过六年级，再怎么说都是有难度的。不过，现在队上有了游仰泳的世灿、游蛙泳的东熙和游自由泳的胜男，最后再加上游蝶泳的太洋。

"当然，个人的专项比赛是最重要的，但是团体比赛项目也是很有意义的。"

胜男、世灿、东熙和太洋，四个人确认了一下彼此的表情。

胜男最先伸出手，说："我赞成。"

世灿将自己的右手放在胜男的手上面，说："胜男参加的话我当然也要参加呀。"

东熙一边放上他那厚厚的手，一边点点头说："嗯。"

三个人看着太洋，太洋顿时一副呆愣表情，然后马上笑了出来："好兴奋啊！"

太洋一把抱住他们三个人，然后四个人开心地抱着彼此转圈。教练、那露和沙朗也露出了微笑。

游泳队到了暑假会做移地训练，在 8 月即将举办的游泳比赛到来之前，会在符合五十米泳道场地规格的游泳馆进行集训。虽然从家里出发到蚕室游泳馆得更早起床，而且也会更晚回到家休息，但是大家都没有抱怨，连平常吊儿郎当的世灿这次也不知道为什么，特别认真，可能是觉得团体混合泳接力赛很有趣吧。

团体混合泳接力赛是四位选手的默契与配合都很重要的项目，如果上一位选手尚未触碰池壁，下一位选手就先行出发的话，就会丧失比赛资格。不过，一直慢吞吞的话是绝对无法赢得比赛的。

胜负的关键是正确掌握队员的速度，然后在最适当的时机出发。有一次，在世灿触壁之前，下一位选手东

熙就抢先出发，四人乱成一团。东熙听到教练吹的丧失
比赛资格的哨音后，因为太过慌张，导致出发动作没做好，
扑通一声直接掉入水中，结果演变成东熙的大肚子朝世
灿猛扑过去的惨状，如果世灿没有迅速地将身体避开的
话，可能就会酿成大祸。

再加上，在团队合作的考验之前，太洋还有更根本
性的问题要面对。

"太洋，你的脚趾张开了不是吗，到最后都要合起
来才行。"

事实上，太洋对出发很没有自信，所以出发顺利时
和出发不顺时的成绩差距很大。太洋一直以来都是采用
在比赛前半段落后，从中间开始使出全力追上对手的方
式来应战的，所以教练叫太洋在总统杯大赛中不以五十
米蝶泳，而是以一百米蝶泳为主要目标的原因也在此。
不过，太洋如果想好好地往游泳方面发展的话，出发就
是他得先扣好的第一颗纽扣。

"看来你似乎需要'爱的出发'？"

沙朗站在团体混合泳接力赛队伍的出发台上，之前
她跟太洋提过的"爱的出发"，好像已经在不知不觉中
完成了。

"不过，你可以不念出那个名字吗？你说出口时不
觉得丢脸吗？"

"脸皮很厚。"

"真的。"

世灿、胜男和东熙纷纷埋怨沙朗，不过，即使他们这么说，也无法阻挡沙朗为大家做示范。看来沙朗的出发好像真的有什么特别的地方，太洋抖落泳镜上的水珠，仔细地观察沙朗的动作。

沙朗弯下腰，两手抓住出发台前端，左脚稍微弯曲往前摆，右脚向后伸，然后踮起脚尖、抓稳重心，再用左脚脚指头紧紧抓住出发台前端。教练哨音一响，她就把臀部向后抬起，将身体绷得很紧，好像马上就要弹出去似的。然后，发射，按照指尖到手臂，再到头、臀部、脚的顺序，流畅入水。

"看到了吧？出发就像是丘比特的箭一样，要使出所有的力气，向前迈进。"

沙朗留下这一句话后，悠闲地走回自己的泳道。太洋不断地在脑中思索刚才看到的每个动作，然后接着练习。持续不断的出发练习，让东熙、太洋和胜男的身上留下被水拍打的淡红色痕迹。

那露真的很想赢过金楚熙，但问题是"如何做到"。那露的强项是强而有力的打水，为了追上像金楚熙这种用长手臂划水的选手们，只好比别人更用力地用脚踢水。不过，自由泳的推进力有百分之七十来自手臂，所以必须要找到让身体不会过度负担，同时又能有效补足手臂长度不足的好方法。

那露一边游五十米自由泳，一边数自己的划水次数，虽然有一至二次的误差，不过大约是六十次的划水次数，必须练习让划水一次的距离能游得更长才行。那露定下了划水次数减少到五十次的目标，毕竟自己不是漫画中吃了橡胶果实的主角，没有能让手臂变长的方法，如果想减少划水次数的话，就只能练习完全伸展肩膀的摆动姿势与划水动作才行。

"想象一下你抓到离自己身体最远的水后，再用力拉过来的感觉。"

教练教的内容用大脑理解并不难，但是要按照所理解的知识让身体动起来，却又是另外一回事了。为了让身体记住正确的姿势，需要无数次的反复练习，要做到即使不用大脑思考，身体也能正确摆动的地步，那么在参加比赛时才能也如此行动。

太洋稍微停下来喘口气时，总会不自觉地看向那露那边，看着在明亮且宽阔的游泳池里游泳的那露，他不禁想起昨天晚上在通信软件上看到的那露的头像照片。照片中的那露就像是美人鱼一样，脸颊上贴着贝壳模样的文身贴纸，如果那露是美人鱼的话……那她应该会悠游在南方翡翠色的海洋上，然后会在偶然间拯救被暴风雨卷走的王子吧。不过，笨蛋般的王子不但不懂得报恩，还会跟隔壁王国的公主缔结婚约，陷入悲伤的那露美人鱼实在不忍心憎恨王子，于是跳入海中变成一团泡沫……才怪，她会掀起南方海洋上巨大的浪花，将整个王国吞没，使其变成一片废墟。

太洋猛然回过神，心想那露果然不适合美人鱼这个角色。不过，比起消失得无影无踪的美人鱼，太洋更喜欢现在在第四泳道上强而有力地踢出水花的那露。

太洋蹲在正在喘气休息的那露前面，说："那露，我觉得比起美人鱼，海豚才更适合你。"

那露一脸"这是什么莫名其妙的话"的表情看着太洋。

"比起美人鱼，我更喜欢海豚。"

第十章

秘密聊天

　　一整天都在下雨的日子变多了，走到外面去的话，闷热的空气像等待很久似的，朝人猛扑而来。那露喜欢雨，虽然也喜欢那落在雨伞上发出咚咚声响的雨，但是更喜欢可以把全身都淋湿的倾盆大雨。在那种大雨天里，从家门前出发到游泳馆的路上，就像在水里游泳一样。

　　"我真的很讨厌下雨。"

　　沙朗一到游泳馆就开始抱怨，她的自然卷头发又湿又弯。

　　梅雨季节要结束时，夏季训练不知不觉也进入了尾声，在起步阶段徘徊许久的团体混合泳接力赛队伍，现在也变得非常有默契，这都多亏了教练的镜子练习法。

　　"一边去感受前面的选手是以怎样的速度游过来的，一边试着跟上节奏。"

四个人像在照镜子似的，试着做出跟对方一模一样的动作。在第一棒仰泳选手世灿站在出发台做出发准备时，下一棒次的东熙则站在隔壁泳道中间二十五米处，当世灿以自己的速度飞快地游过二十五米距离点时，东熙也配合世灿的速度开始跟着游，这么一来就能用身体亲自感受，世灿在触壁之前的十米，是以什么样的节奏与速度游过来。从配合世灿的速度开始，东熙、太洋和胜男按照棒次顺序，轮流配合彼此的速度。像接力赛跑一样，即使肉眼看不见，但他们四个人也正在传递接力棒给彼此。

　　在夏季训练只剩下两天的时候，那露第一次完成了五十次划水的目标，教练和游泳队队员们全都像是达成了自己的目标似的感到开心，然后真心地恭喜她。当然这之中最高兴的人，莫过于那露本人了。

　　接下来是提升速度，像吃掉虎克船长的时钟的鳄鱼一般，那露的身体也发出秒针嘀嗒嘀嗒的声音。那露反复地进行五十米快速游一次，再放慢速度游一次的练习，每游完一趟，自己的手和脚上，就好像又粘上了一袋沙袋。不过，越是在这种时刻，就越要使出力气才行，因为这样才能赢过金楚熙。游完设定好的五十趟目标后，那露连稍微动一下手指头的力气也没有了。如果有谁能从池外面用捞鱼网将她打捞起来的话，她真想说声谢谢，

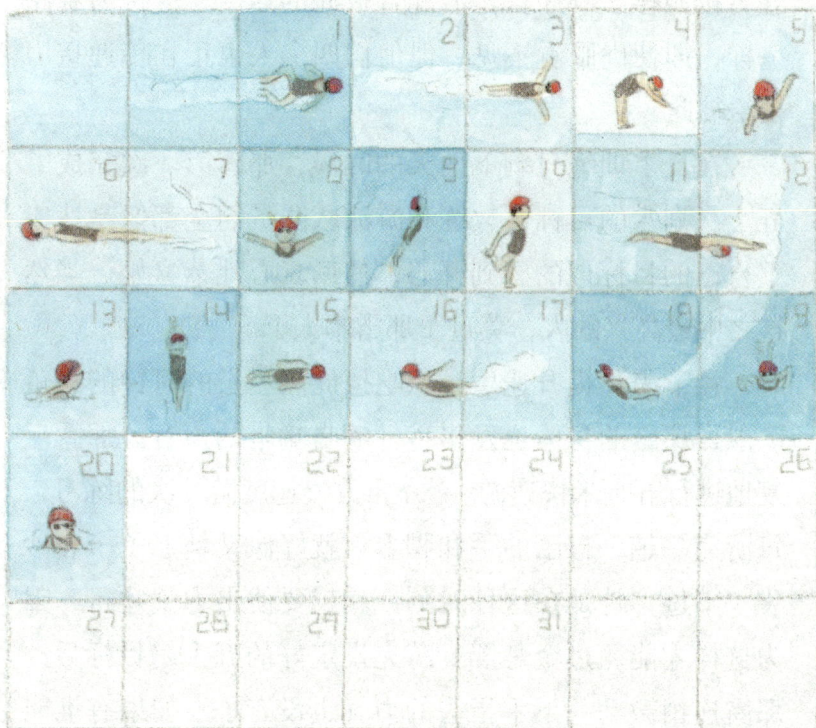

然后直接把这副皮囊交给对方。

看了一下隔壁泳道朋友们的表情就知道，大家全都筋疲力尽了。

"啊，这样下去会回不了家的，我们去买点东西吃完再回家吧。"

六个人在返家途中停下来，坐在公园椅子上。挤干全身上下最后一丝力气之后吃的冰激凌，真是人间美味。有一对看起来是高中生的情侣牵着手经过大家面前。

"我也好想出去玩。"

那露长叹一声，大家全都喊着"我也是"。小学最后的暑假[①]，就这样被游泳池的水填满了。

其实不光是暑假而已，那露的时间、空间和物品，也全部一点一点地渗入了游泳池的水，连那露每天晚上写的日记也不例外。虽然说是日记，但事实上里面有八成都是跟游泳有关的内容，说是训练日志说不定还更贴切。在笔记本的最前面，是那露在1月时大大地写下的今年决心要达成的目标。

1.达成个人成绩26秒。

---

① 暑假：韩国的学校是在春季升一年级，因此六年级的暑假过完后就是六年级下学期，之后小学就再没有暑假了。——编者注

2. 进入体育初中就读。

3. 交到新的朋友。

　　偶尔翻开以前写的日记来看，就会有像现在这样突然感到惊讶的时候。这是在几个月前由自己亲手写上的目标，怎么会觉得这么陌生，尤其是第三个目标更是忘得一干二净。

　　在学校很多人都开玩笑说，那露跟胜男关系不一般。不过，胜男跟那露并没有那么亲密，硬要说的话，应该说是那露的"前男友"才对。在读幼儿园的时候，那露还觉得自己以后一定会跟智胜男结婚，甚至在那露八岁生日时，胜男送她的卡片上还这样写着：我爱你，那露，我们以后一定要在一起哦。

　　大概从十岁开始，那露跟沙朗成了好朋友，胜男也开始和男生们在一起玩。但是对彼此来说，最要好的男性朋友和女性朋友，依旧是智胜男和姜那露。从升上五年级后开始，同学们看他们感情很要好，就开始开他们的玩笑。

　　当然，那露也喜欢胜男，毕竟胜男从很久很久以前就一直待在那露的身边，所以有的时候比沙朗还了解那露。自从沙朗有了其他朋友后，星期六就不再跟那露一起玩，而是会跟其他朋友出去玩，虽然那露有点难过，但那时也隐隐约约地体会到，原来有些朋友是在星期六时，比起跟闺密，自己更想跟他们一起玩的人。那露也有想过，那自己会想在星期六跟胜男一起出去玩吗？结果根本没有那种期盼的心情。胜男也不像以前一样，常常来那露家玩，看来胜男也跟那露有着类似的心情。

"比起美人鱼，我更喜欢海豚。"

那露突然想起太洋。那露并不讨厌自己被说像海豚的这句话，她拿起手机，试着在网络上搜索"海豚"。在满屏的海豚图片中，那露选了一张像用水彩画的海豚，然后当成通信软件的头像上传。虽然那天晚上游泳队聊天群组里的信息你来我往的，但马上察觉那露换了头像的人，只有太洋一个。

那露的手机响起私密聊天的邀请通知，是太洋发的。在那瞬间，那露的内心产生了震度为三级的地震，属于有感地震，不过，还不会造成任何危险。

你睡了吗？晚上 9:27

还没。晚上 9:30

你这个星期六有什么事情要做吗？晚上 9:31

没有特别要做的事，怎么了？晚上 9:31

你要跟我一起去玩吗？晚上 9:33

地震强度提升到四级，水杯里的水被摇晃得洒出来。

只有我们两个？ 晚上 9:40

嗯。晚上 9:41

那露不断输入信息又删掉：嗯，好呀，这个嘛……好难选出能适当表达自己现在心情的回复。最后，那露把字全部删除，想发一只小熊的表情图，但一边扭屁股一边跳舞的图好像有点奇怪。要发另一张边眨眼睛边比画 OK 的贴图也觉得奇怪。因为那露好一阵子都没回复信息，所以太洋再次发信息来。

因为刚刚你说想要出去玩，所以我才…… 晚上 9:48

一起去吧。晚上 9:50

结果选来选去，最后选了"一起去吧"这四个字，因为那露想起了太洋说的长大后要一起去月球的话。所以敲定了这星期六，那露要单独与太洋出去玩。

"那露，这星期六你会去吧？"

第二天早上，对着因没睡够而感到可惜并打哈欠的那露这么问的人，不是太洋，而是白柳。那露听到"星期六"这个词，拿汤匙吃饭的手顿时僵住，自己好像忘了什么，却又想不起来。

"星期六……？"

"对呀，星期六，不是说好这星期要一起去汉江游泳馆吗？"

那露家和胜男家每年夏天都会一起去汉江游泳馆玩，这是他们迎接夏天到来的例行活动。如果想着每天都在游泳，干吗还要特地跑到那里游泳的话，可就大错特错了。

游泳和玩水是不一样的，游泳需要的装备是泳镜、泳帽和泳衣。然而，玩水的必要装备是一颗大球、游泳圈和水枪。虽然以前这天会是两家人全员出动的日子，但从今年开始，大人们决定让白柳、那露和胜男三个人去玩就好。因为白柳早就搬到宿舍生活了，所以可能没有什么感觉，但是，对那露和胜男来说，光是出去玩而且爸妈没有同行这件事，就是个超大的特别活动了。明明很兴奋地选了三个人都没有训练的日子，然后约好要一起去的，那露却把这件事忘得一干二净。不过，这时让那露内心一沉的，并不是汉江游泳馆，虽然真的真的觉得很抱歉，但这星期六那露更想要一起玩的人，并不是姐姐和胜男。

"姐姐，怎么办？我好像没办法去了……"

"什么？为什么？那天要训练吗？"

白柳的脸上充满遗憾。

"咦？哦，哦，教练突然说要练习……"

"原来是因为总统杯啊，那么胜男也不能去了吧，那我们要改天再去吗？不过，我下个星期就要回宿舍了……"

那露根本来不及想到胜男，他一定也把这星期六的时间空下来了。

"不是不是，只有我要做额外的加强训练，胜男那天应该还是可以的。"

"是吗？那我就跟胜男还有其他孩子一起去啦，不过还是觉得很可惜，这是我们的特别活动呀。"

"抱歉。"

那露难以直视姐姐的眼睛，不过在这期间，那露感到松了一口气的心情大过歉意。

"没关系啦，我们因为训练无法约成也不是一次两次的事了。不过，不知道为什么，你的表情看起来有点讨厌。"

"我的表情怎么了？"

"一点也不觉得可惜呢。"

"哪有，我现在真的觉得很可惜啊。"

白柳看着因为慌张而反应很大的那露笑了出来，说："算啦，太明显了，不过我也放心了，因为姜那露对游泳的爱依旧不变。"

"你在说什么啊，我要迟到了，先走了。"

那露急急忙忙地出了家门，幸好胜男因为教练的嘱咐，今天先去游泳馆了，不然差点一大早就要对胜男说谎了。虽然不知道是什么原因，但那露好像无法坦诚地跟胜男说，自己要单独跟太洋出去玩的事。

太洋没有进游泳馆里面，而是坐在入口处。那露觉得今天的太洋有点陌生，现在在自己眼前的这个人，好像不是昨天那个边吃冰激凌边调皮的郑太洋。太洋发现那露后，递给她一个小纸袋，那露打开一看，发现里面满满都是她喜欢吃的水果软糖，那露将纸袋紧紧地拥在怀中。

第十一章
谎言

　　游泳馆内出现了意想不到的人，那就是金楚熙。刚才看到太洋后，那露的心情像是翱翔在天际的纸飞机一般，此刻，却在转瞬之间倒栽葱坠地，变成皱巴巴的一团。

　　"据说蔚蓝小学从今天开始在这里进行训练。"

　　沙朗跟那露说悄悄话。

　　"嘿，那露，好久不见，原来汉江小学也在这里练习啊。"

　　金楚熙一如往常地先走过来跟那露打招呼。不过再怎么说，好歹也是互相竞争第一、第二名的关系，她这样开心地挥手，到底是因为性格很好，还是根本不把自己放在眼里，那露无从得知。每当她这么做时，那露也会尽可能地装作一副若无其事的样子跟她打招呼，但心里却是怒火中烧，而且还会尽量把话说得简短，赶快离开现场，走为上策。

"嗯，嘿嘿，今天是我们最后一天练习。"

"是吗？好可惜哦，如果能再多待几天一起练习的话就好了。"

金楚熙的声音里充满了惋惜，那露不知道该怎么回答才好，尴尬地站在原地。"就是说呀，楚熙，我也觉得好可惜哦。"那露实在说不出这种话。

"反正比赛时就会见面了呀。"

胜男突然从后面插嘴，一听到"比赛"这两个字眼，那露和楚熙瞬间沉默不语，气氛变得比刚才还尴尬。

"这是谁呀？"

太洋换好泳衣后出来，楚熙看到太洋就打招呼说："你好，我是蔚蓝小学的金楚熙，好像是第一次看到你呀，你也是汉江小学游泳队的吗？"

"你好，我是这次……"

太洋朝金楚熙伸出手，那露则瞪大了眼睛，不想让他们握手，于是那露赶紧拉住太洋的手，说："郑太洋，教练叫你过去。"

那露说的谎言越来越多，她抓住太洋后转过身去，楚熙看着匆忙跑掉的两个人，一脸不知所措。胜男对她说："他是这次新加入的队员，叫郑太洋。总之，很高兴见到你，祝你今天练习顺利。"

"嗯，你也是。"

即使这是那露每天都在做的训练，但只要想到金楚熙就在仅隔几条泳道的地方，她就全身紧绷绷的。那露调整呼吸，努力集中精神，想把眼前的人都从脑中抹去，这个地方没有任何人，不管是金楚熙还是郑太洋，又或是智胜男都不在。但当那露戴上泳镜睁开眼时，即使眼前蒙上了一层雾蒙蒙的水汽，她还是可以只凭轮廓就找到金楚熙所在的位置。

连午餐时间去餐厅时，也是汉江小学坐一排，蔚蓝小学坐一排，彼此坐着对看，好像是要进行什么吃播对决的气氛似的。在这当中，相处和乐的只有两位教练而已。

"好好相处吧，以后都会成为朋友的。也是啊，你们教练和我在初中时也是彼此充满杀气，但升上高中后，感情就变好了。"

"只有金教练自己充满杀气吧，早就跟你说过我初中时也觉得我们感情挺好的。总之，大家好好吃饭吧。"

其实，汉江小学游泳队和蔚蓝小学游泳队，一开始并不是这种令人尴尬的气氛，反而因为教练们彼此很熟，所以比赛时见面的话，还会一起活动。

但是，当专项是蝶泳的楚熙升上五年级后，也同时开始在自由泳上崭露头角时，两队的气氛就开始一点一点地改变。在楚熙第一次获得五十米自由泳项目第一名的那天，那露也是笑着并真心地祝贺她。不过，当楚熙一再获奖后，那露的笑容也变得尴尬。渐渐地，开始有人说那露和楚熙是彼此的竞争对手，两所学校像是事先约好似的，会在比赛当天挑选距离彼此最远的位置，所以也就自然而然地渐行渐远了。

两校的队员们很快就开始热闹地吃起饭来，只有那露和楚熙所在的六年级座位区一片寂静。那露从刚刚开始就一句话也没说，只是吃着饭。胜男心想，自己身为队长，这时应该要做点什么才行，于是，他决定和楚熙搭话。

"蔚蓝小学放假到什么时候呀？"

"放到 8 月 13 号，你们呢？"

"我们放到 12 号。"

"你们早上训练时也会游泳吗？"

"不会，我们只会做体能训练。"

"做哪种体能训练呢？"

"像引体向上或是跳绳、跑步这种。"

胜男开始问东问西。沙朗在餐桌下发信息到游泳队群组里：

智胜男现在在干吗啊？间谍？也太明目张胆地问了吧？

下午 12:20

那露看到信息后，扑哧笑了出来。不过，也多亏了胜男和沙朗，那露吃完午餐也没有消化不良。

"下午要不要来比一场团体混合泳接力赛？我们来赌饮料。"

蔚蓝小学游泳队教练向汉江小学押上了饮料赌注。

"哎，赌什么啊，只是单纯练习就好。"

"教练，我们想要喝饮料，赌下去，赌下去！"

经世灿煽动，蔚蓝小学和汉江小学的队员们，全都齐心合力地喊着饮料，因为不管最后是哪位教练买单，大家都可以喝到饮料，所以谁会想要拒绝呢？当然，除了说要比赛后就开始感到紧张的那露之外。

比赛决定采取男女混合方式，蔚蓝小学派出六年级的两名男生和一名女生，以及队长金楚熙应战，汉江小学这边则派出世灿、沙朗、太洋和那露。那露心想，即使是因为有趣才比的练习比赛，只要自己和金楚熙站在相同的出发点，就绝对不想输给她。

金楚熙正在那露旁边转动脚踝，穿着她那闪闪发亮的泳衣。那露噘起嘴来，说："又不是正式比赛，干吗穿比赛用的泳衣呀？"

"比赛就是比赛嘛，而且这件泳衣是我的胜利幸运符。"楚熙一边调整泳衣肩带，一边笑着。把这当成正式比赛，内心充满怒火的是那露自己，那露现在根本没有想笑的感觉。

　　第一位仰泳选手进入水中，抓住出发把手，并将身体吊挂在墙上。出发信号响起的同时，他们双脚蹬离池壁，身体划出弧线形轨迹，向后跳跃。从世灿、沙朗，甚至到太洋这棒，两所学校的实力不分上下，现在太洋只剩下最后十米了，那露在脑中回想这阵子所练习的每一个动作，太洋游向计时触板，温柔地转动双臂后，消失在水中。

　　那露数到三后，精准地飞跃出去，金楚熙几乎也是同时出发，那露在五次的蝶泳踢腿后，完全地伸展右手臂划水，并一边数次数，一边向前游。"一，二，三，四，五，六。"六次划水后换气一次。重复这些动作后，完成了七遍换气。最后一遍她没有换气，完成了八次划水。那露使出吃奶的力气全力划水，终于触碰到池壁。教练的哨音响遍整个游泳馆。

　　"蔚蓝小学，胜利！"

　　那露的内心突然一沉，蔚蓝小学的队员们一边欢呼，一边拥上来将楚熙拉上岸。那露则把脸埋进了水里，因为自己不能用这副模样上岸。她沉到泳道线下，绕着游泳池打转，汉江小学的队员们都努力地装作没看到这样的那露，只是谈论着饮料的话题。因为大家都知道在水里还有一个好处，那就是，可以隐藏自己的眼泪。

最后，胜男走向那露，递给她一罐维生素饮料，问："还好吗？"

那露若无其事地说："当然还可以啊，只是练习比赛而已。"

看到这样的那露后，沙朗松了一口气，又赶紧在旁边补上一句："对呀，而且真的没有差多少，只要金楚熙的手臂再短一点，就会是那露你赢的。"

那露原本若无其事的表情变得不再平静，她放下饮料后爬上岸，往淋浴间走去。

空无一人的更衣室里，那露看着镜子里的自己，试着将一边的肩膀压低，然后把手臂向下伸长。自己以前玩的洋娃娃一条手臂坏掉的时候，就是现在这个样子。

那露拿起放在架子上的吹风机，大家闹哄哄地走进更衣室里，金楚熙也在其中。那露垂下头，将一头湿发往前摆，又乱又蓬的头发遮住了视线，然后那露将吹风机的风速调到最强。幸好老旧的吹风机声音很大，就这样吹了一阵子，把头发吹干后，更衣室里再度剩下那露一人。

这时，在淋浴间前面，一排摆放的某个游泳背包的拉链缝隙中，一件闪闪发亮的泳衣映入眼帘。那露放下手上的吹风机，更衣室里只剩下电风扇转动的声音，她慢慢地往背包的方向走去，背包前口袋有着"CHO

HEE"的姓名牌。

这是金楚熙的背包。

那露拉开背包拉链的指尖不停地发抖，当手碰触这件泳衣时，自己才咕噜地咽了下口水。那露小心翼翼地拿起楚熙的粉红色泳衣，她没有什么特别的意图，只是想要看一下而已，一下下就好。这件泳衣没有什么特别之处，就只是件平凡的泳衣而已。

"这件泳衣是我的胜利幸运符。"

那露想起楚熙说过的话。

"如果你没有这件胜利幸运符的话……那么，会变成什么样子呢？"那露心想。

正当这时，刚才还待在淋浴间的队员们的声音越来越近，如果现在这个样子被她们看到的话，一定会引来误会的。那露一时慌乱，把泳衣塞进自己的背包，匆忙跑了出去。忽然间，好像有人在后面喊着那露的名字，不过，那露并没有回头，而是直接跑掉了。游泳馆入口处的路灯旁边设有监控录像器，那露下意识地用手遮住了自己的脸。

为什么要把泳衣放进自己的背包，而不是放回楚熙的背包呢？明明是想避免误会，却演变成超出误会等级的事态，要现在还回去吗？但如果她问我，泳衣为什么会在我手上的话，那我真的无话可说。虽然想要马上把泳衣拿出来，然后随便丢在某个地方就好，但这里和那里的人们，好像全都在看着那露。在乘地铁回家的路上，那露的心像要跳出来似的，扑通扑通地不断狂跳着。

"胜利幸运符再怎么说，也不过是件泳衣罢了，她只会觉得是丢在哪里了吧。"

那露把楚熙的泳衣严密地藏在没有任何人知道的地方，然后决定要忘记这件事情，今天什么事也没有发生。

触壁

第十二章
水中的告白

　　终于到了星期六这天——那露跟太洋约好要去看电影的日子。那露已经好几天都没有睡好了，因为只要躺在床上，她就会听到自己心脏的跳动声，而且好像会有人在床尾抓住她的脚，把她抓走似的。于是，那露用棉被紧紧地包住脚。那露努力说服自己，这一切都是因为星期六的电影才会这样的，不想去想其他的原因。

　　家人们很早就出门了，家里空无一人，太洋则在一大早就传来了信息。

> 那露，睡得好吗？待会儿见啊。 **早上 6:30**

　　看样子，太洋也和那露一样没睡好。那露把衣柜里的衣服全部摊在地上，苦恼要穿哪一件去玩。这还是她第一次跟新结识的朋友单独看电影，感觉新奇又紧张。

那露偷偷地溜进姐姐的房间里，明明没有任何人在家，她却还是踮着脚走路。

白柳的衣服是用零花钱买的，跟那露的衣服都是妈妈买的不同，所以白柳的衣柜里也有妈妈绝对不会买给那露穿的那种衣服，如膝盖再上去很多的牛仔短裤。如果妈妈看到的话，一定会很反感。

那露最后选了一件印有很大的耐克标志的白色短袖上衣，搭配一件蓝色短裤，在鞋柜前再次照一照镜子。这时太洋发来信息。

我在公交车站等你。上午 9:40

那露跑到公交车站，太洋坐在公交车站的椅子上，戴着耳机在看手机。那露把便利商店的玻璃窗当成镜子，整理了一下自己的刘海，然后悄悄地走过去坐在太洋的旁边。

那露的黄色休闲鞋整齐地并排在太洋的白色运动鞋旁边，然后她用鞋尖碰了一下太洋的鞋。

太洋被吓了一跳，抬起头来。

"嘿。"

"嘿。"

那露和太洋像是今天初次见面一样，向彼此打招呼。

两个人坐在公交车最后面的座位上，比在学校做同桌的时候靠得更近。公交车慢悠悠，载着那露和太洋到达电影院。

电影院挤满了前来避暑的人，太洋去拿事先预约好的电影票，那露则去买爆米花与可乐。这里有很多精心打扮后来看电影的情侣。

太洋一边指着今天要看的电影海报，一边说："啊，真的好期待。我喜欢这部电影的原作，听到电影说要重制后，我真的特别期待。"

放映厅内灯光变暗。

虽然知道事实不是如此，但那露还是觉得好像整个厅内只有她和太洋两个人。那露心里一直很在意，为了不表现得太明显，她很认真地吃起爆米花。旁边的太洋好像完全沉浸在电影里。于是，那露在脑海内的剧场拍摄专属于自己的电影，太洋认真观赏电影，两个小时一下子就过去了。

"电影不好看吗？早知道就看别的了。"

太洋用一副无精打采的表情，对着看完电影后一句话也没说的那露说。

"没有呀，我觉得很有趣！我只是觉得有点热才没说话。"

"你会热吗？我觉得冷气开得很足啊，原来你很怕热，你是因为这样才喜欢水的吗？"

一走到建筑物外面，两个人就被闷热的空气热到喘不过气来。那露在这瞬间，突然羡慕起在水中玩耍的白柳和胜男，只不过才走了五分钟而已，额头上就已冒出一颗颗豆大的汗珠。

这时，轰隆一声，传来天崩地裂的巨响，那露抬头一看，发现天空中满是乌云。

"看来快要下雨了。"

雨滴稀稀拉拉地落下，很快变成大雨点倾泻而下，那露和太洋赶紧躲到自动提款机的亭子里。

天空中伴随着闪电，再次响起轰隆隆的打雷声，雨声听起来很清爽。那露很在意淋到雨后紧贴在自己身上的白色短袖上衣，幸好太洋的眼镜上蒙上了一层白色水汽，现在什么都看不见。从早上开始就很紧张的那露，到现在才大笑出来，虽然太洋什么都不知道，但也跟着一起笑。

"怎么办呢？要赶快跑过去吗？"

根本没想到要带伞出门的人们，正慌慌张张地奔跑着，那露突然想到一个好点子。

"太洋，我们要不要去学校？"

"学校？现在？"

"嗯，你有在空无一人的游泳池里独自游泳过吗？"

"没有，一次也没有。"

"那快跟我来。"

那露打开玻璃门后跑出去，太洋也跟在那露后面跑进了雨中，学校就在不远处。

游泳馆入口处没有任何人，那露从背包里拿出钥匙打开门。每天早上进行个人游泳训练的那露的皮夹里，总是带着教练给的备用钥匙。

那露和太洋像野猫一样，偷偷地潜入队办。

想要拿出泳衣的那露一打开自己的置物柜，之前随便塞一塞的物品就掉了下来，金楚熙的泳衣也掉在地上，那露的心也咚的一声，跟着坠落于地。

那露赶在太洋看到之前，拿起泳衣乱塞回置物柜，最后将泳衣团成一团塞进老旧的蛙鞋里面，那露不想破坏了现在的好心情。

"嘘，进去时不要发出声音。"

没有人使用的星期六下午的游泳馆，灯也是关着的。那露为了不让外面察觉这里有人，只打开一个角落的灯，让游泳馆不至于一片漆黑，但也不像白天一样明亮，反而像是月光下的公园一般，充满神秘感。

"你怎么会知道游泳馆没有人呢？"

"现在这时间是我们原本的训练时间呀。"

那露一边笑一边游入水中消失不见，太洋比任何时候都要小心谨慎地将身体沉浸在水中。那露和太洋站在泳道的两端望着彼此，即使没有事先约好，他们却在那露数一、二、三后同时出发，那露朝着泳池那端的太洋游去，太洋也全力朝那露游去。仿佛马上就要触碰到彼此的指尖似的，两人在泳道中间相遇，并停下脚步。

"我要给你看一个有趣的东西。"太洋说。

太洋用脚蹬地，头往地板方向垂下，水面上颠倒露出的脚则不断摇晃着。太洋大约在水中倒立十秒后才站起来，那露为太洋的水中绝技欢呼与鼓掌。

"那么现在换我了，仔细看哦。"

那露慢慢地沉入水中，转头面向水面，将嘴里满满的空气啪的一声吐出来，中间被贯穿的甜甜圈形状的气泡便浮上了水面，太洋在上面做出大口大口吃的样子。

那露躺在水面上，用仰泳慢慢地移动身体，窗外一片漆黑，看来外面还在下雨。太洋也跟着那露躺在水面上，那露打水掀起的水波，让太洋的身体任意漂动。太洋问那露："那露，如果你也有像刚刚电影中的时光机器的话，你会想去人生的哪一段时光呢？"

"嗯……我不知道啊，那你呢？"

"我的话，大约二十年后？我很好奇自己那时候在做什么。"

那露试着在游泳池的天花板上，描绘出长大成人的太洋的模样，变成大人的太洋会像爸爸一样，在衬衫上打上领带后去上班吗？如果是科学家的话，会穿上白袍吗？那么我的话……

"那时候，我们也会像现在这样一起游泳吗？"

"当然会啊。"

那露喜欢马上回答问题，不给太洋任何反应的机会。不过，那露不想被太洋发现自己的心情，就躲进了水里。

"我们来比比看，谁可以憋气最久吧！"

那露大大地吸了一口气，捏住鼻子，潜入水中。太洋深呼吸后，也跟着潜入水中。

如果这时有人往游泳馆里面看的话，也不会发现这里有两个人，因为那露和太洋已经彻底地从水面外的世界消失了。

那露在离太洋非常近的地方，看到他两边脸颊像河豚一样，涨得圆鼓鼓的，不由得笑了出来，嘴里咕噜咕噜地冒出了气泡。

太洋则看着那露，嘴巴不断开合着，好像在说着什么话似的。

那露朝太洋走近一大步。

太洋再一次，慢慢地发出声音说："我喜欢和你一起游泳。"

太洋一说完话，便快速地浮出水面，好像喝进了不少水而不断咳嗽着，那露跟着浮出水面，一边拍着太洋的背，一边说："我也是。"

第十三章

像爆米花一样膨胀起来

"你说你和郑太洋单独去看电影了？"

沙朗的反应比那露预料的还要戏剧化。

"胜男也知道吗？"

那露这才想到了胜男，沙朗看到那露一脸为难的表情，赶紧改口说："算了，这也没什么。"

"现在还是秘密。"

沙朗对自己没有马上给予祝贺这点，感到很抱歉，为了表示自己会成为那露可靠的后盾，她买了一个鲜橘色唇釉当作礼物送给那露。

"恭喜你，姜那露，又交到新朋友了。"

"喂，干吗呀你，太肉麻了。"

那露看着沙朗泰然自若的表情笑了出来。

到这里为止还可以接受，但当沙朗开始正式逼问自己和太洋之间的事情时，就有点为难了。那露不想一五一十地跟别人说太洋的事，即使是自己最好的朋友沙朗也不行。不过，哪怕只是稍微露出一点点反感，沙朗也一定会生气的，所以那露无可奈何，只好在沙朗无法察觉的范围里，尽可能地省略重要的部分，比如省略掉看电影时那露心里在想什么，或是太洋跟自己说话时的表情是什么模样之类的内容。

那露体会到，随着成长，只有自己能知道的秘密会变得越来越多，不能跟这世界上最珍惜的朋友说的事情，也正逐渐地增加。

"胜男也知道吗？"

那露时不时在脑海中想起沙朗说的这句话，包括在和胜男对上视线的时候，从地铁下车后一起走回家的时候，还有在那露家的客厅胜男和那露一家人围坐着一起吃西瓜的时候，那露当时觉得西瓜子就卡在自己的胸口正中间。那露应该要跟胜男说一下才对，但实际上当她要说的时候，却又觉得丢脸，虽然不知道为什么，但总觉得对胜男感到愧疚。让人心烦的事情实在太多了，不过，那露却把真正沉重的问题搁置在一旁，假装自己什么事都不知道。

太洋大约在每天晚上九点时会打电话给那露，那露怕被爸爸妈妈听到，所以会把门锁上并戴上耳机。耳边传来太洋的声音，比之前听到的还要低沉，也更温柔。

"太洋，我们单独见面的事先在学校保密吧。"

"我都可以，不过，怎么了？"

"会被乱开玩笑啊，我讨厌听到同学们揶揄谁谁谁怎么样，我之前就是因为……一直看到沙朗被开玩笑。"

那露差点就要说出智胜男这个名字。

"也是，这有种收到秘密任务的感觉呢。"

那露担心太洋心里会觉得难过，但太洋反而说出了令人意想不到的话："那露，你手机里是怎么储存我名字的呀？"

"你吗？郑太洋。"

"就只是郑太洋？"

他的声音中明显带有失望感。

"那你是怎么储存我的名字的？"

太洋沉默了一会儿没有说话。

"干吗不说话，是什么名字？"

"海豚。"

那露强忍住笑意，说："那我也要来更换一下了，因为我们是秘密搭档呀，不过要取什么呢？"

那露从抽屉里拿出太洋送的一小袋软糖并撕开。闪闪发亮的好点子总会从糖分里诞生，那露一边咀嚼软糖，一边将椅子转了一圈。

"对了，布鲁斯……什么的，写在你名片上的那个人是谁呀？"

"啊？布鲁斯·班纳？你应该也知道的，浩克。"

"浩克？你说你的人生楷模是一只绿色的怪物？"

"变身成浩克的科学家的名字叫作布鲁斯·班纳，而且浩克力气很大啊。布鲁斯·班纳是同时拥有聪明头脑和强壮身体的完美存在。"

那露一边听着耳机那头传来的太洋的声音，一边拿出两个小熊软糖，让它们面对面坐着，这是那露小熊和太洋小熊。

"啊哈，我知道你想说什么了，所以原来你还是更想当科学家啊，游泳时的你只是暂时失去理智的怪物。"

那露说着，用手指推倒了太洋小熊。

"不是啦，你不能那样解读。我是怕写浩克会被骂，所以才写上布鲁斯·班纳的名字而已。"

太洋的焦急传到了那露的房间里。

"我开玩笑啦。"

"哎，不过，我要先挂电话了，我妈妈在叫我。那露，我们星期六见。"

"星期六见，布鲁斯·班纳。"

除了星期六以外的日子，时间都过得好慢，明明没有搭乘时光机器，时间流逝的速度却改变了。

那露从来没有数着手指头等待开学，这次却不一样。那露努力地不表露出自己在教室内看到太洋的欣喜心情。但是光是第一堂课开始之前，她就已经和太洋互看了十七次。不过，那露在心花怒放之余，错过了一些本该察觉的信息，教室后面有些同学一边看着那露，一边窃窃私语着。

　　老师说要玩真真假假游戏，也顺便让大家分享自己的暑假体验。这个游戏中，庄家必须写下暑假发生的两件真实的事和一件虚构的事，然后其他人猜出哪一个是虚构事件。

　　若要写下今年夏天在那露身上发生的最大事件的话，当然是"我在暑假时交到了新的朋友"这件事。明明是那露自己跟太洋说要保密的，现在她却很想这样写。

　　那露苦思之后，写完了自己的三个选项，于是举手发表内容。

1. 这个暑假我看了电影《回到未来》。
2. 这个暑假我游泳游了两百公里。
3. 这个暑假我去了汉江游泳馆。

　　一说到电影，一些同学就开始一边交头接耳，一边嬉笑吵闹，虽然老师试着让他们把注意力集中在游戏上，但大家最后还是猜错了答案。一揭晓"游泳游了两百公里"这个选项是真实事件时，大家用一副不可置信的表情看着那露。

太洋在听那露发表的时候，觉得她像是个说谎的人，心脏不停地怦怦跳着。那露暑假（和太洋一起）看了电影《回到未来》，那露暑假（和太洋一起）游泳游了两百公里，那露暑假没有去汉江游泳馆，而是（和太洋一起）玩。那露在老师和班上的同学们面前，传递着只有那露和太洋两个人才知道的秘密信息。太洋心想，果然按照那露说的，先当秘密搭档是正确的选择，如果不是秘密搭档的话，大概就不会有像现在这样的刺激感了。

不过，这秘密带来的刺激感并没有维持太久，悲剧从第二节课下课时开始，沙朗急急忙忙地跑来那露教室找她。

"紧急！紧急！"

沙朗把那露带到厕所最后一间后，将门锁上，然后靠在那露耳边小声地说："那露，你跟太洋的事情好像被发现了。"

"什么？怎么被发现的？"

"李志勋好像在电影院里看到了你们两个。哎呀，为什么偏偏是被李志勋看到。"

那露觉得心情很差，同学们到底为什么这么喜欢在自己背后说三道四的，以前是智胜男，现在是郑太洋。如果要说有什么不同的话，就是这次让那露感到非常非常生气。

这时，传来同学们走进厕所的声响，还有啜泣的声音，那露和沙朗安静地等她们出去。

"智敏你没事吧？"

"那露不是跟智胜男关系很好吗？"

那露像被人迎头敲了一棒似的，惊讶得张大了嘴。现在应该生气的人是自己才对，竟然反过来受到大家的指责。沙朗生气地想开门出去，却被那露阻止了。那露调整了一下自己的呼吸，把门打开。禹智敏的眼睛红红的，她一看到那露，就马上问那露，而且声音还不规律地颤抖着："姜那露，你跟郑太洋单独去看电影了吗？"

那露打不定主意要怎么回答这个问题，就在前一刻还想狠狠地回她"关你什么事"，但一看到禹智敏眼泪汪汪的模样后，就无法冷酷地对她说出这句话。

"嗯。"

那露以为照实说会好一点，没想到反而让禹智敏开始大哭起来。那露对她产生了愧疚的心情，但也没办法，事实就是如此，即使禹智敏哭得这么伤心，也不能以此判定她比那露更适合和太洋做好朋友。

厕所事件后，太洋和那露有单独来往的消息瞬间传遍全部班级，某个讨人厌的同学还特地跟胜男说了这个消息。

"什么？郑太洋？"

胜男有点惊讶，同学们发现胜男不知道他们的事后，就超过了揶揄的程度，开始在背后说他们的坏话。甚至有同学说，还看到胜男和太洋在游泳队队办里大吵一架。所谓的绯闻，就像放进微波炉的爆米花一样，只是稍微加热一下，就迫不及待地膨胀开来。不过，那种爆米花，那露只要一根手指头就可以把它们全部弹回去。但现在，唯独在智胜男面前，那露无法使上力。果然应该要提早跟胜男说的，那露觉得很后悔，也担心此刻和自己一样正与绯闻爆米花对峙的太洋的状况，所有一切都沾满了黏稠的奶油和盐巴，变得一团乱。

不管是那露、太洋、胜男、沙朗、世灿，还是东熙，谁都无法轻易地说些什么。训练过程中，游泳馆内的气温仿佛降到了零下二十度左右，气氛冷到要感谢那些不管比赛是不是近在眼前，都不懂事又不断吵闹的三年级学弟学妹的地步。

"那露，今天结束后，来找教练一下。"

教练叫那露留下来，好像是想问她游泳队气氛突然变得冰冷的原因，那露心想，说不定教练也听到了自己和太洋的事。

想到自己等下该不会要听教练唠叨说"现在都什么时候了，为什么还花心思在其他事情上"，那露就不禁叹了口气。

教练和那露两个人面对面坐在队办里。

"那露，你知道教练很珍惜你，也很信任你，对吧？"

那露知道，教练总是如此，也相信那露能做好。但是，最近这句话，比起带给那露力量，只是让那露的肩膀变得更沉重而已。因为信任你的这句话里，同时也承载了无比的期望。

"做得好的话，也要承受随之而来的压力，怕被别人说装累，所以即使很辛苦，也无法表现出来，这些辛苦教练都知道。"

听到教练突如其来的安慰，那露不由红了眼睛。教练像走进那露内心深处后，再走出来似的，知道那露的心情。

"所以教练希望从现在开始，你可以老实地对我说出实话。"

那露的内心涌上一股悔意，早知道会这样的话，不管禹智敏说了什么，自己都会乖乖按兵不动的。不然，至少安静地待到比赛结束，都要比现在这状况来得好。

教练沉默了一阵子。

"楚熙的泳衣在游泳馆不见了，就是你之前觉得很可疑的那件泳衣，你还记得吗？"

一听到楚熙的名字，那露整个人僵住了。到刚才为止还很混乱的脑袋，现在变得一片空白。那露看着教练背后自己的置物柜，仿佛突然打开置物柜的话，金楚熙的泳衣就会从里面掉出来一样。

那露说不出任何话，只是点头而已，眼前快速闪过那天发生的事。那露的手像当初拿出金楚熙泳衣的瞬间一样，不停地发着抖，她好不容易才紧抓住了椅子。

太洋在队办外面等那露，虽然教练叫他别等了，不过他担心那露会被骂，所以不能就这样走了。他认为如果那露是因为和自己单独来往被骂的话，那么自己应该也要一起被骂才对。等了好一会儿那露都没出来，太洋便从队办的窗户往里面看，果然，那露正低着头，一动也不动地待着。太洋仔细地听里面传来的声音，从微微开启的窗户缝隙中，能听到一点教练的声音。

"那露你最后一天训练时，没有在更衣室里看到楚熙的泳衣吗？"

那露静静地摇了摇头。

"嗯，那也没办法了，你先回家吧。"

教练的话一说完，那露就马上跑出队办，还差点撞上站在门前的太洋。不过，那露连这点也没有察觉，就直接跑远了。

这时，太洋脑海中突然闪过一个画面，夏季训练的最后一天，连太洋的呼唤也没有听到，就直接跑走的那露的背影，和现在非常相似。

第十四章
跳台上

　　那露多么希望这一切只是场梦而已，因为如果是梦的话，就没有必要担心接下来会发生的事了。然而，偷走泳衣并不是在梦里发生的事，而是发生在如此生动鲜明的现实世界里的事。

　　那露晚餐没吃什么就回到房间窝着，从离开队办的那瞬间起，教练的声音就不断地在自己的耳边打转，迟迟没有散去。

　　"你没看到楚熙的泳衣吗？"

　　"那露，你知道教练很珍惜你，也很信任你，对吧？"

　　"嗯，那也没办法了。"

　　心脏的跳动声传到耳朵里，虽然她习惯性地在桌上摊开了日记本，却无法写下任何字句。8月4号，那露试着翻开那天的日记，每天都会写的日记，唯独那天是空白的。

虽然一直说服自己什么事都没有，不断压抑着想法到现在，但其实那露一秒钟也没有忘记过这件事情。

那天在女子更衣室里的人，只有蔚蓝小学和汉江小学的选手们，总共也不超过二十名。如果从淋浴间出来的楚熙发现自己的泳衣不见了的话，很明显，她一定会怀疑是这些人中的某个人拿走的。但更衣室里不可能有像监控录像器这样的设备，而且也没有人看到是那露拿走了楚熙的泳衣，所以只要那露继续装作不知道的话，那么谁也不能随便怀疑自己。

不过，那露却无法让自己快速跳动的心镇定下来，手机显示有三通太洋打来的未接电话和信息。

那露，你睡了吗？ 晚上 9:15

滴答，滴答，日记上滴落一滴滴泪水，那露只想让太洋看到最棒的自己，绝对不是现在这副模样。

那天晚上，那露在梦中遇见了楚熙。

场景是比赛会场，场内响起了五十米自由泳比赛的广播通知，楚熙穿上那件被那露拿走的粉红色泳衣，然而，楚熙旁边的第五泳道，却是空着的。那是那露的位置，那露一边喊着等一下，一边跑过去，但是人们却开始朝着那露指指点点。好可怕，那露赤裸裸地站在比赛会场正中间，教练看着那露，然后转身走出比赛会场，胜男则拿着相机，开始拍起那露来，实在是太丢脸了。这时，那露和在观众席上的太洋视线对上了。

"不！"

这是个好吓人的梦，那露一侧的头疼得好像快要裂掉似的，而且也反胃得想吐，枕头和床罩都被汗浸湿了。

妈妈听到那露的哀号声吓了一跳，赶紧跑来。看到脸色苍白的那露，妈妈摸了摸她的额头，发现她身体热得发烫，于是妈妈打电话到学校去："……是的，教练。比赛就快到了，看来身体有点撑不住了，我会带她去看医生，然后再跟教练您联络。"

医生说是压力性急性肠胃炎。

"可能是吃了什么不该吃的东西，看来那露这次好像吃太急了呢，如果大口大口地吃眼前的食物，身体会不舒服哦，吃药后好好休息就没事了。"

医生用一些模棱两可的话开了处方签。然而那露知道自己真正不舒服的地方有被针扎的痛感。

那露没有去学校，朋友们因为担心而纷纷在群里发来信息。

沙朗： 那露你怎么了？很不舒服吗？
我因为担心你，今天的练习都不顺了。下午 5:07

东熙： 哪里不舒服？ 下午 5:08

沙朗： 教练说没事不要去探病，否则反而会给你添麻烦，好
讨厌教练。那露，我们去探病的话会打扰到你吗？呜
呜。下午 5:09

世灿： 金沙朗的话应该会打扰到。下午 5:10

对话停顿一会儿之后，另一则信息才又发来，是胜
男发的。

胜男： 姜那露，不要给我装病哦，快点来学校。下午 5:20

沙朗： 智胜男，你怎么这样说话？你应该说，好好休息，
然后快快康复才对！下午 5:22

胜男： 这是在说汉江小学游泳队不能没有王牌的意思啊。
下午 5:25

那露的眼泪多到自己无法看清楚信息，此时太洋打电话来，那露赶紧擦掉眼泪，接起电话。

"那露，身体好一点了吗？"

"嗯，抱歉，我昨天没有接到你的电话。"

"没关系啦，我都不知道你身体不舒服……"

"怎么了吗？发生什么事了吗？"

"没有啊……因为你没接电话，也没有看信息，我还以为你要跟我绝交。"

昨天真的发生了好多事。仔细想想，太洋应该也跟自己一样，感到很慌张才对，但那露却满脑子都在想金楚熙的泳衣，把太洋忘了，那露因为愧疚流出了眼泪。

"对不起，太洋。"

"我没关系啊，不过，那露你，你是不是……没事啦，好好休息。"

"太洋什么都不知道，反而还担心我，我怎么会每件事情都做得这么差劲呢？"那露心想。如果太洋和朋友们还有教练，知道我是这样的小孩的话，一定会讨厌我，也许我还会被赶出游泳队，不，说不定还得转学才行。

那露躲在棉被里放声大哭，妈妈打开房门进来，坐在那露的旁边。

"那露啊，怎么哭了呢？"

妈妈隔着棉被轻轻地拍着那露，那露把脸埋进枕头里，一边强忍着止不住的泪水，一边说："妈妈，我……现在……好像……再也……无法……去……游泳了……"

"无法再去游泳？为什么呢？游泳队发生了什么事吗？"

"没有发生什么事。"

"那是为什么呢？"

"就只是……全部……都好可怕。"

妈妈深深地叹了一口气，早上拿回来的药没有撕开，还完好如初地摆在那露的桌上，那是因为那露在比赛之前，不管再怎么不舒服，都不会服用药物。这是她自从看了因为感冒药成分导致选手的金牌资格被取消的新闻后，就一直坚持的赛前不吃药原则。

"那露啊，妈妈觉得，即使那露放弃游泳也没关系。"

那露瞬间止住泪水，然后掀开被子坐起来，因为惊吓又哭到喘不过气，开始打起嗝来。

"是我听错了吗？"

"妈妈不是说说而已，在更迟之前，说不定现在放弃游泳会比较好。"

所谓的冲击疗法就是在说现在这种状况吗？妈妈突如其来的发言，让那露暂时忘记了金楚熙和她的泳衣。

"妈妈再怎么说也是练过体操的人，怎么会不了解那露你的心情呢？忍耐是苦涩的，但果实是甜美的，这些都是没有真正做到底的人们所说的话。那露你这些日子以来是多么努力地练习，这些妈妈全都看在眼里。"

那露自己也知道，妈妈说得对，所谓的运动就是这样，忍耐是多么令人厌倦又苦涩，但果实却是令人兴奋地香甜。那露对那份香甜感到入迷，所以不管是多么苦涩的忍耐都得忍下来才行，凭着这个想法努力撑到了现在。但如果令人痛苦的忍耐的尽头没有果实的话呢？那还要继续运动下去吗？

"你叫我放弃游泳吗？"

"事实上，当白柳说想要放弃游泳的时候，我跟她说不行，还说了她很多。但是妈妈现在仔细想想，当她说很累的时候，我应该早一点听进去的，所以现在我很后悔。虽然妈妈觉得跟别人夸耀你们得到的奖牌很骄傲，不过，如果没有奖牌的话那又如何呢？对妈妈来说，我的女儿们才是最重要的。"

妈妈将那露紧紧地拥在怀中，那露颤抖的胸口马上缓和下来。

若说自己游泳时总是觉得幸福又开心的话，那是骗人的，那露也想赖床，也想要放学后不用去训练，可以跟朋友们一起去玩投币式卡拉 OK，也想在心血来潮想吃辣炒年糕时，能不用顾虑比赛什么的，尽情地吃。然而，这些都只是一瞬间的念头罢了，那露从来没有想过要把游泳从自己的人生中剔除掉。

那露试着想象没有游泳的人生。书柜上的奖牌和奖杯一个一个消失了，每当一枚奖牌消失时，为了得到这枚奖牌所付出的练习时间，还有一起努力的朋友们、教练，以及白柳也一起消失了，最后，甚至连那露自己也完全消失不见。

那露推开妈妈的怀抱。

"妈妈，不是的，我不要这样，我想要继续游泳，所以不要跟我说这种话。"

妈妈用一种不知道是高兴还是悲伤的表情凝视着那露，那露翻腾的内心平静下来，妈妈则像在心里做出了某种决定。

"那露，游泳并不是这个世界的全部。"

"不对，对我来说，是全部。"

说出这句话的瞬间，那露的心里突然有股情绪在跃动着，她不知不觉地打开了埋藏在自己内心深处的箱子。那露抓住妈妈的手，开始哭了起来，而妈妈的泪水也在眼眶里打转。

"没关系的，没关系。"

为什么事情会变成这样呢？

那露讨厌把一切事情都搞砸的自己，她想起太洋之前问自己的问题："那露，如果你也有像刚刚电影中的时光机器的话，你会想去人生的哪一段时光呢？"

自己现在能回答这个问题了，想回到发现金楚熙泳衣的那瞬间。

明明离星期天还很久，姐姐却先回家了，那露心想，看来是妈妈叫姐姐回来的。

"那露，我们去外面透透气吧。"

白柳带着那露到外面。已经超过傍晚六点了，天色却还很亮。两个人到公寓的自行车存放处去取自行车。白柳和那露的自行车坐垫都积了一层厚厚的灰尘，那露用手用力压压轮胎，因为中午炙热的热气而变得滚烫的轮胎已经失去了弹力，而且也没什么气，所以白柳去警卫室借了打气筒来充气。

自行车的轮胎如果气充得太多的话，即使是骑到小石头上，车身也会弹起来，要花费多余的力气，紧抓住车把才行；但如果气充得太少的话，轮胎就无法顺利推离地面，也无法加快速度，这时候，连爬个小山坡也会感到吃力。不管任何事情，"刚刚好"都很重要。但是，要做到"刚刚好"却总是最难的，如果想知道打进多少量的气才是刚刚好的话，就得亲手打气，然后试骑几遍，这样身体才能找到感觉。

"要不要来个久违的双载呀？"

白柳一边拍着自行车后座，一边对那露说。那是那露以前坐的位子，那时白柳听那露说坐得屁股很疼，就在后座上面叠上几层厚厚的货运箱子做成坐垫，到现在坐垫都还在上面。身高一下子抽高之后，那露也有了自己的自行车，那露在白柳上初中之前，总会骑着自行车跟在姐姐的后面，一起去上学。

"不用啦，我又不是小孩子。"

"会生病的都是小孩子呀。"

白柳骑在前面，第一个目的地是汉江小学，这是条两人都很有自信不会骑错的路线。

学校的运动场上只有几个学生正在踢足球。她们绕了运动场一大圈后，暂时停在体育馆前面，游泳馆的灯是关着的。

"那露，你有什么心事吗？"

那露什么话也说不出来，因为不管回什么，都会成为谎言。白柳看那露无话可说，便将脚离地，再次踩上踏板，那露也跟着出发。一加快速度，就能感受到清爽的风掠过发间。那露看着骑在前面的姐姐那端正的背部——姐姐不管是走路的时候，还是骑自行车的时候，都不会驼背，而是会把背挺直。虽然自己也想和姐姐一样，每次骑自行车时都试着用力地把腰杆挺直，但也会因此无法加速，所以到最后都会放弃。

横越过家前面的公园，公园另一边的孩子们正在喷

水池那里尽情地玩水。白柳和那露的自行车经过暂时停歇的喷水池水柱之间，转动的轮胎在地上留下了沾着水的胎痕。

白柳绕了公园一大圈后，把自行车停在广场，这里是那露和胜男，还有太洋见面的广场，那露走过去坐在之前观测月亮的位子上。

"姐姐，可以问你一个问题吗？"

白柳在那露旁边，伸直双腿坐下，然后点点头。

"你为什么要放弃游泳呢？"

那露终于鼓起勇气问姐姐这个问题。

也是多亏拖了很久的关系，心里没有这么难过了。

"这问题还真是问得很快啊。"

听到白柳的讽刺，那露尴尬地笑了笑。

"其实就只是想跳水，所以放弃了游泳而已。"

白柳一副没什么大不了的表情给出了答复，那露看着那样的姐姐，内心深处开始升起一股无名火。那露以为现在的自己不管听到什么样的内容都能释怀了，不过看来还是不行。那露强忍住怒火，再次询问姐姐："那游泳呢，所以现在不再游泳了吗？"

白柳没有说话，此时远处传来喷水池旁孩子们的笑声。

"游泳……好像不再继续也没关系。不对，我那时是想放弃游泳没错。"

"不是呀，不能这样吧，不管是姐姐还是妈妈，怎么能这么轻易地说出放弃的话呢？"

最后，那露压抑着的怒火还是爆发了。

"如果这是想放弃就可以放弃的事的话，那么早该放弃了啊，哪有人超过七年都游得很顺，却在个人成绩无法提升时，就马上说要放弃呢？那跳水呢？如果跳水也让你觉得很辛苦的话，又会马上放弃了吧！"

白柳瞪大了眼睛看着突然发火的那露，然后马上把双手交叉在胸前，朝着那露改变了坐姿。

"喂！你现在是要打架是吗？我可是姜白柳呢，姜那露的姐姐，姜白柳。"

然而那露像是等了很久似的，把想说的话一口气全都说了出来："好啊，来啊！所以呢，怎样！你想怎样！我有说错吗？姐姐你一点也不惋惜那些投入在游泳上的时间？我如果放弃游泳的话，就像天要塌下来一样，你怎么可以做到那样？"

那露的脸变得很红，还发出让人无法分辨是在生气还是在哭泣的声音。白柳歪着头盯着那露看，然后松开双手躺在地上。

"好吧，你尽管发火吧，虽然我不知道其他人是怎么想的，但你一定会很生气吧，因为你是我认识的人当中，最认真练习的人。"

白柳反而称赞了那露，让狠狠发脾气的人觉得羞愧。那露没有说话，只是用鼻子哼哼地喷气。

"不过，那露，即使你放弃游泳，天也不会塌下来的，如果你是怕天塌下来才游泳的话，那你可要搞清楚了。"

"我是很认真地在跟你说的，姐姐你现在是在开玩笑吗？"

"我也是很认真地在跟你说的。"

那露把头埋进自己的双膝之间，不想被姐姐发现自己的眼泪。

"那个，那露呀，我以前真的觉得自己会当上国家代表队选手，不过，去了体育初中后才发现，事情跟我想的不一样。你也知道吧？我特别不会游蛙泳，学蛙泳时真的吃了很多苦头，现在还是游得很慢。不过，不是有那种人吗？明明一起学一样的东西，却还要更快上手的人。读体育初中的都是那种人。要是他们很懒惰的话，那我不管怎样也会去拼拼看的，偏偏他们却又拼死拼活地练习。那么我真的没有能力赢过他们。"

那露想起领先自己的金楚熙的身影。所谓的竞争对手，总是在你措手不及时出现，金楚熙也是这样，仿佛永远只属于那露一人的奖牌，却一次、两次地被她夺走。然而，不知从何时开始，金楚熙就紧紧地抓住奖牌，不再归还给那露了，这真的让人生气。不过，不管自己再怎么生气，也没有想过要把所有事情搞砸成这副模样。那露想起自己亲手犯下的错误，就无法再对姐姐发脾气，至少姐姐没有做出卑劣的事情。

"我是真的把所有能做的全都试过了，所以才不会觉得遗憾。而且，我觉得跳水还挺有趣的。"

其实那露也知道，姐姐是真的喜欢跳水，每当姐姐站上跳台时，以及谈论到跳水的事情时，她的脸都灿烂地发出光芒。

"你还没有站上过十米高的跳台对吧？之后试试看吧，试了的话，你就会明白的。"

白柳非常缓慢地踩着一步一步的步伐，从位子上起身，就像站在跳台尾端似的，从头到脚都端正且直挺。

"即使没有翅膀，却也能非常短暂地在天空中飞翔。我并不是从上面掉入水中的，要说为什么的话，那就是因为并不是某人用力地推我我才坠落的，我是自己跳下去的，所以我跳的时候也在想，应该要展开一场最美丽的飞行之旅才行。"

白柳跳了一步，蹲在那露的面前。

"不过，你真的不说一下发生了什么事吗？"

那露依旧闭口不提，所以白柳也不再过问这件事。

"那露啊，你和我不一样，你在游泳场上帅气地出发，

即使跳的方向朝下，但如果是你自己起跳的话，那就是飞翔。"

那露明明问白柳为什么要放弃游泳，但白柳却说了自己很想学跳水的事。那露好像现在才明白，教练叫自己要好好地想一想为什么要游泳的这句话所代表的意义，到头来，这个问题是叫那露好好地思考，自己想不想继续游泳。

昨天妈妈对自己说放弃游泳也没有关系的时候，那露才顿时清醒过来。

即便如此，那露还是想继续游下去。她现在还不想逃到泳池之外，也还没试着用尽全力做到最后，而且那露觉得自己能做得比现在更好，不过，得先把悬挂在心里的大石头放下来才行。

那露现在站到了十米高的跳台上，到底是要跳下去，还是掉下去呢？是该做出抉择的时候了。

第十五章
幸运符

那露第二天一大清早起床后就去了队办，因为有一件要在其他队员来这里进行早晨训练前处理的事情。那露将门紧紧地关上，再确认周围没有任何人之后，才小心翼翼地打开了置物柜。蓝色蛙鞋里塞着金楚熙那皱成一团的泳衣，那露把泳衣放进背包最内层的袋子里，然后匆忙地拉上拉链。此时，队办的门突然打开，胜男就站在门口，盯着那露看，那露的一只手紧抓着背包，同时弓着腰站着。

胜男说："姜那露，你身体不舒服就好好休息呀，干吗来这么早呀？"

胜男走向那露，递给她一个很大的保温瓶，那露松开了紧握住的手，将背包背在身上。

"阿姨叫我带来给你的，说你又没吃早餐就出门了。"

那露接过保温瓶。

"谢谢你。"

"说什么谢啊。"胜男噘起嘴来,"总之你一定要吃这个,比赛就快要到了。"

胜男把书包丢进置物柜里,收拾游泳背包到一半,突然停下来看着那露说:"同学们现在不会再开你玩笑了。"

在那露请假没来学校的时候,好像又发生了什么事。

"你跟他们吵架了?"

"没有。"

"原来是吵过架了啊。"

"都说了没有,你为什么不相信别人说的话呢?"

胜男用室内鞋的鞋尖踢了踢地板。

"嗯……那个,我有些话想跟你说,不过……等到比完赛后再说。"

胜男反常地说话卖起了关子,虽然那露很好奇是什么事,但也没有追问他,因为那露自己也知道,有些话实在是难以启齿。

"你慢慢吃完,再出来练习吧。"

那露独自一人坐在队办的地板上,她打开保温瓶,里面是热乎乎的鸡肉粥。那露边吹凉边吃,吃到连一汤匙都不剩为止,感觉今天会是漫长的一天。

　　不知道是托了胜男的福，还是自己病得这几天都没办法来学校的缘故，同学们真的没有再开自己的玩笑。也许他们只是不再对这件事感兴趣罢了，因为大家开始热烈讨论下个月的现场体验教学地点的问卷调查内容。

　　那露没有参加下午的训练，虽然距离比赛只剩下十天，但今天有比训练更重要的事情。

　　那露乘地铁二号线，从合井站经过六站，在市政府站换乘一号线，再经过八站就会到清凉里站。那露打开背包确认是不是有带好信件，这是昨天晚上那露在日记本上写写擦擦来来回回超过五遍，才好不容易完成的信，信封上写着"那露致楚熙"。

那露打算今天把泳衣还给楚熙，并且向她道歉。虽然已经在脑中练习了好几次，但心里还是很害怕。如果知道自己宝贵的泳衣是被那露拿走的话，楚熙应该也不会善罢甘休，说不定还会跟所有人说那露做的荒唐事。那样大家就会指责那露的过错，包括教练、游泳队的朋友们，说不定连自己的家人们也会。

　　在梦中，自己赤裸地站在比赛会场上，那瞬间的感觉到现在仍是记忆犹新，让那露现在就想打开地铁的门狂奔出去。那露看了地铁的引导路线图，确认自己现在的位置。还剩下三站，即使现在掉头也不迟，只要随便选个垃圾桶，把泳衣丢进去就好了。可是如果就这样回去的话，那露就再也无法找回站在比赛场上的信心了。既然已经站到跳台上了，比起被某人用力一推跌落下去，还是要自己跳下去才对。

　　那露在清凉里站下车后，前往转运站乘公交车。为了不弄错乘车信息，她用地图 APP 仔细确认公交车站的位置以及公交车号码，不能为自己找些像是乘错公交车的借口。到了公交车第四站，一下车那露就看到正前方是金楚熙就读的蔚蓝小学正门口。

　　那露向警卫大叔询问后，去寻找体育馆的入口，然后等待楚熙出现。因为已经超过四点了，所以只要再等一下的话，就是游泳队练习结束的时间。感觉一分钟像十分钟那样漫长，但有时又像一秒钟一样，迅速地流逝。

过了三十分钟之后，游泳队队员开始一个两个地相继出来，但没有看到楚熙。在那露心想也许今天没办法见到楚熙就要回去的那刻，楚熙出现了。那露的内心突然一沉，自己应该要叫住楚熙才对，但却发不出任何声音。然而，楚熙认出是那露后，高兴地跑了过来，每当楚熙朝自己走近一步时，那露的内心就向后退了一步。

"那露！你怎么会来这里？你是来找我们教练的吗？"

那露焦急地咽下口水。

"不是，我是来找你的。"

那露出乎意料的答复，让楚熙有点吃惊："真的吗？但我等下要去补习班啊……怎么办呢？你应该提早跟我说的。"

"没关系，我来这里是因为有些话要跟你说，马上就好了。"

"那我们去吃点什么吧，我请你。"

那露婉拒了楚熙说要去冰激凌店的提议，而是就近去了便利商店。看到心情很好的楚熙，那露的心情反而变得更沉重。不知不觉中，那露的手上多了一支巧克力棒棒冰，这些是在脑海中想象时所没有的情节，现在这样，自己也更难开口道歉。楚熙用棒棒冰的底部哐哐地敲着遮阳伞下的桌子，然后把冰挤出来吃。她咬着棒棒冰的奶嘴，一边咀嚼一边说："所以，你要跟我说什么呢？"

那露把还没撕开的棒棒冰放在桌上，心想真的不能再拖了，就用颤抖的手向楚熙递出一个小纸袋。楚熙往纸袋内看了一下后，便脸色僵硬，沉默了好一阵子。只有便利商店前银杏树上的知了，大声地鸣叫着，声音大到让人耳朵痛的地步。楚熙放下刚才咬着的棒棒冰，那露则紧闭双眼。

"这怎么会在你那里？"

那露好不容易才说出："对不起。"

那露的道歉被淹没在知了的叫声里，好像要再讲大声一点才对。楚熙的眼神变得凶狠："该不会是你偷走的吧？"

"……"

"你为什么要这样做？"

那露什么话也说不出口，因为那露也不明白，自己为什么要做出那种蠢事。

道歉的话到了嘴边，却开不了口，楚熙放在桌上的棒棒冰逐渐融化，流出了可可色的液体。楚熙突然站起来，把那露的棒棒冰丢进树木下方的垃圾桶里。哐，坚固的棒棒冰与垃圾桶碰撞出声响，那瞬间，知了停止了鸣叫，

周围变得一片寂静。

楚熙随即转身大步离去，那露一直等到楚熙完全消失在自己的视线范围后，才哭出来，坐在那里，一动也不动地流着眼泪。

那露见到了楚熙，内心却变得更加沉重，即使自己归还了泳衣，却没能好好地向她道歉，变成只是厚脸皮地跑来还泳衣而已。楚熙真的很生气，这的确是会让她如此大发脾气的事情，这点那露也很清楚。虽然写了一封道歉信，但是从楚熙刚刚的反应来看，那封信似乎也会被扔进垃圾桶里。

那露内心期盼着楚熙一定要读那封信，因为信里满满地装着自己无法用言语道尽的歉疚，还有真的感到很后悔的内心。

跟楚熙见面后，已经过了四天，每当那露跟教练对视时，总会感到忐忑不安。不过，教练只说了准备比赛的事，并没有说其他的。那露在通信软件中打下楚熙的名字后，弹出了对话框。

嘿？我是那露，不知道你读了我写的信……

信息打到一半，那露就把对话框关掉了。

距离比赛只剩下一个星期，游泳队决定在比赛前做最后一次的游泳成绩测试，因此来到了附近有五十米泳道的游泳馆。

"要把这想成是比赛，像真正的比赛一样，全力以赴地游。接下来，按照各自出赛的项目，各测量三次成绩。"

"好！"

大家的声音响彻整个游泳馆，世灿今天的脸上也没有一丝调皮。不过，会这样也是理所当然的，因为今天测出的成绩，很可能就是比赛当天的成绩。这是游泳队六位六年级队员一起在汉江小学炙热地度过的最后一个夏天。虽然各自游泳的理由与目标都不同，但想到这是最后一次比赛，内心变得更认真这点，大家都是一样的。

成绩能证明自己在这个夏天流下的汗水没有白费，太洋多亏了沙朗的指导，提升了出发的速度，让个人成绩得以稳定下来；胜男在专项两百米自由泳中，刷新了个人新纪录，即使是非正式的游泳成绩，也为比赛带来很大的力量；世灿难得认真练习起来，把游泳成绩缩短了大约两秒钟；东熙虽然变化不大，但速度也变快了。随着四个人的个人技能的提升，男子团体混合泳接力赛也更有机会迈向夺金之路。沙朗也达成了自己定下的两百米个人混合泳目标，游出了 2 分 40 秒的成绩。

只有一个人，也就是汉江小学王牌姜那露，是唯一的问题。

那露这次出赛的项目是五十米自由泳和一百米自由泳，楚熙应该也会报名五十米自由泳，如果没有意外的话，应该会跟上次一样，两人并列站在第四和第五泳道。那露光是想象那场景，内心就变得郁闷。虽然自己一边找回暑假训练时身体记住的感觉，一边全力地向前游，但还是很难将精神完全集中在水里。不用特地确认成绩也知道结果如何，三次的测试结果差异太大，再这样下去的话，别说是夺冠了，连能稳稳地进入前三名都很困难。那露那炙热奋斗的夏天不知道消失到哪里去了。

教练的脸上满是愁容。

"那露，你知道如果你想申请体育初中的话，这次的比赛成绩很重要吧？"

那露一语不发地站着，看到在教练肩膀另一头的朋友们兴奋的表情，那露觉得只有自己被困在一个空荡荡、黑暗又潮湿的房间里。不过那露并没有讨厌朋友们，因为现在，那露在这世界上最讨厌的人，就是她自己。

"看来你的身体状况还没恢复好，剩下的时间也要好好管理健康，好好休息吧。"

游泳队的训练进入调整期，为了调整好最佳的身体状况，会将练习量减少到之前的四分之一。那露觉得倒不如让身体疲倦，那么倒下就能马上睡着。现在力气和时间多出来后，脑中的担忧反而加剧，自己也没有收到楚熙的任何信息。

"那露，你在想什么呢？"

太洋的手在那露面前挥了挥，最近那露突然心不在焉的时间变多了。每当那时，太洋就有很多问题想问那露，不过，看着那露时却又无法问出口，因为那露的表情看起来非常复杂，自己实在无法贸然开口。

"你有什么心事吗？"

"没有啦，应该只是因为比赛快到了才这样。"

那露努力装作什么事都没有，太洋则从背包里拿出一个盒子给那露，是一个红色的盒子。

"这是什么？"

"礼物。"

太洋抿嘴一笑。那露第一次收到他送的礼物，脸上露出了笑容，但同时又感到很抱歉而紧闭双唇。

"对不起，我什么也没准备……"

"没关系啦，我也是看朋友在准备，跟着准备看看而已，你等下回家后再打开来看。"

回到家的那露把房间门锁上后坐在床边，小心翼翼地打开盒子。最上面放着一张信纸，太洋特有的刮风式字体还是一如往常。

那露，明天是我们第一次一起参加游泳比赛的日子，据说鲸鱼尾巴象征幸运，希望这个钥匙圈可以成为你的幸运符。

虽然我好像比你更需要这个幸运符，哈哈。

附注：

我爸说，要在附注这里写上帅气的话，整封信才算完成，下面是我苦恼很久后写下的内容。

我会永远站在你这边，就算你没有站在你自己这边时也是，明白我的心意了吗？加油！

太洋

信纸下方有个鲸鱼尾巴形状的钥匙圈，那露将太洋的信再读了一遍，最后一句话不断萦绕在心中。太洋说会永远站在那露这边的这句话，让那露感动到流下眼泪。也许对那露而言，这就是她现在最需要的一句话。

那露拿出比赛用的游泳背包，前口袋挂着一条绣有名字 Naru. Kang 和太极旗的姓名条，这是去年冬季训练结束后，游泳队队员们为了做纪念而一起订制的姓名条，那露心想，应该也送太洋一条订制的姓名条当礼物才行。然后她在姓名条尾端挂上太洋送的钥匙圈，现在那露也拥有一个幸运符了。

"原来幸运符是这么重要的东西啊。"

那天被那露带走的，好像不只是件泳衣而已。那露对楚熙的歉意涌上心头，一直满溢到喉咙。不论如何，都要把这件事情好好地做个了结才行。

第十六章

泳池外的坦诚自白

蚕室学生游泳馆，这是那露今年夏天进行训练的地方，而今年的总统杯游泳大赛也在这里举办。那露看着比赛的横幅。

"没事的，姜那露，你做得到的。"

比赛会场门口放着一张巨大的白板，上面贴着这五天的比赛赛程表。那露参加的五十米自由泳预赛在今天上午九点举行，然后那露打电话给沙朗。

"你赶快上二楼来，我在中间占好了位子。"沙朗说。

那露在一片人声鼎沸中，穿越上下楼的人潮往二楼走去。与观众席相连的二楼的空气，比一楼的空气还要黏湿。地板上铺着各队伍的瑜伽垫，沙朗在远处向那露招手，大家好像已经放好行李很久了。太洋、胜男、世灿、东熙还有学弟学妹们，手上都拿了一台手持迷你电风扇，东熙更是直接把家用型大电风扇带来比赛会场。从早上开始就徘徊在三十五度上下的酷暑环境，让东熙在比赛开始前早已筋疲力尽。

那露刻意在太洋面前转身，让他看自己的背包，背包尾端的钥匙圈不断摇晃着。太洋边笑边指着墙那侧的背包堆，在随便乱丢而压到变形的背包堆旁，只有太洋的背包整齐地放着，背包前拉链上也有鲸鱼尾巴的钥匙圈，那露才察觉到太洋说过自己今天也需要幸运符的事，两人相视而笑。

"那露赶快去换衣服做准备了。"

教练催促着那露，游泳馆内的选手们在正式比赛开始前，都在做热身准备，但没有看到楚熙。那露站在出发台前排队，一开始是简单的两百米个人混合泳两回合，一进到水里，即使只是来回游一趟，也能知道自己当天的身体状况。也许多亏昨天下定了决心，那露今天的身体状态轻盈又柔软。

楚熙被排在预赛第一组，那露则是预赛第三组，看来是因为上次的比赛成绩不够理想。那露轻松地以组别第一名通过预赛，成绩是 27 秒 14，刷新了自己的个人成绩纪录。果然这个夏天所做的一切没有白费，那露觉得这就足够了。

"姜那露找回感觉了呢，看来今天要夺回金牌了？"

世灿看到那露预赛的成绩后吵闹地说着，沙朗则问："那金楚熙的预赛成绩呢？"

"28 秒 72。"胜男像背诵般马上回答。

"真的吗？看来她今天完全不行呢，而且她今天也没有穿那件可疑的泳衣来。"

"那不是可疑的泳衣，就只是普通的泳衣而已。"胜男突然生气地说。

"你只要讲到她的泳衣，就会莫名地激动。"

胜男好像也觉得有点尴尬，所以又加上一句："是让你们不要在乎那些没用的事情才说的，而且楚熙也说那件泳衣已经不见了。"

"是吗？不过你是怎么知道这件事的？"

那露完全没有心思介入沙朗与胜男的对话，满脑子都在想楚熙和泳衣的事。

"没有穿那件泳衣来？为什么呢？她不是说那是她的胜利幸运符吗？"

距离上午赛程结束还有一点空当，那露一边来回穿梭于观众席与走廊之间，一边四处张望。来回走了一阵子后，她终于在厕所前面遇见了楚熙。那露有好多事想问楚熙，但实际上一站在她面前，却又什么话也说不出口。楚熙只是盯着那露看，那露想问她读那封信了吗？消气了吗？那件泳衣呢？预赛成绩怎么失常了？很想问她这些问题，却好像不能问，在那露犹豫不决的时候，楚熙直接从那露身边走了。

"那露，你在干吗啊，太洋的预赛快要开始了。"

听到沙朗呼唤自己的声音，那露打起精神，跑到观众席去。自己不能错过太洋的第一场正式比赛，那露决定这时要把其他事情放在一边，先为太洋加油。自己的事之后再说。

一百米蝶泳第一组的八位比赛选手登场，大家密密麻麻地挤在观众席前面的看台上。出发信号响起后，没过多久观赛的人们便开始闹哄哄起来，第三泳道的选手犯规失去了比赛资格，可能是因为那份很想获胜的心情，让他的身体提前出发了。第三泳道的选手抬头看到成绩显示板后放声大哭，如果没有犯规失去资格的话，这也许是能轻松晋级决赛的成绩。像是发生在自己身上的事一样，那露为此感到难过。现在这位选手并不是因为失去比赛资格，觉得委屈才哭的，而是因为在整个夏天里，自己用一把一把沙子堆积而成的沙堡，却因席卷而来的波浪而倒塌了的那股空虚感，还有即便如此，明天也得为了再次筑起沙堡，继续前进才行的那股茫然感而哭的。

比赛进行到太洋所在的最后一组，胜男突然站起来，然后面向游泳队队员们说："我来带头，大家准备好了吧？"

胜男将双手合起来放在嘴巴旁边，然后大喊："郑太洋，郑太洋！"

汉江小学游泳队全部队员跟着胜男的口令，呼喊加油口号。

"Let's go. Let's go! "

胜男一边将腰往后仰，一边大声喊着："加油,加油！"

"啊啊啊啊！"

到刚才为止还充满清澈的蓝色水的游泳池，因为闷热的空气以及人们的热情加油，现在看起来却像是咕噜咕噜烧开的滚烫火炉。

包含太洋在内的八位选手站上了出发台，他们没有一个人是为了输而来的，不过，今天得是太洋获胜才行。那露紧握双手，定睛注视在太洋身上。

比赛开始。

教练以太洋的速度跟在泳道旁，边走边给予指导。在五十米距离点时，太洋位居第三，并做出转身。

"太洋啊！再加把劲！你做得很好！"世灿急得直跺脚。

太洋消失在水中，然后以拿手绝活潜泳超前一个人后，游出水面，和第一名差了不到一个手臂长的距离。现在终点就在眼前了，太洋的翅膀展得更开，然后像是飞出水面一般，用尽全身力气触碰计时触板。

"第七泳道,郑太洋,汉江小学六年级,成绩1:17:80,第一名。"

"哇啊啊啊啊啊啊啊!"

太洋将拳头高高地举在空中。

"没错,这样才对嘛。"

那露的眼泪在眼眶里打转。那露知道,不管泳池外的大家有多么为他感到高兴,此时此刻,在那成绩显示板上的数字,都不会被谁牢牢记住,但会喔的一声,唯独烙印在太洋的心里。

大家迅速跑去选手等待室,胜男好像怕别人不知道自己是队长似的,先唠叨了太洋一下:"怎么可以在预赛就用尽全力呢?"

太洋还很喘,上气不接下气地勉强回答:"我不使出全力不行,我觉得我一不小心就会被刷掉。"

"这不像是拿了第一名的人会说的话呢!"

"总之,你在最后一口气超前的时候,真的太帅了。"

大家兴奋地你一言我一语,却忘记跟太洋说最重要的那句话,那露开口说:"恭喜你。"

"谢谢。"

太洋看着那露灿烂地笑着,虽然这跟校内游泳比赛那天看着那露灿烂微笑的情形相似,但现在的太洋和那时的他已经截然不同。就算不看成绩变好的这一点,他也多次展现了自己的努力，一次都没有迟到或是逃掉练习，也总是老实地完成规定的训练量；当成绩没有起色时，也不会变得急躁，更不会喊累与抱怨。当然，那露也是如此，那露经历这些的时间比太洋还要长久，因此，她在泳池前比任何人都更理直气壮与充满自信。不过，现在的那露却无法像太洋那样开心地笑着，为了让自己能再次无愧于心地站在泳池前，必须要将错误改正才行。

"太洋，做得好，现在大家都先去吃午餐再回来吧。要好好消化后，再来准备决赛才行。"

教练很久没在比赛会场上笑得这么开心了，那露不想破坏这幸福的瞬间。不过，自己也知道这只是借口而已，不能再拖下去了。

"教练，我有话要跟您说。"

那露的声音和自己坚定的决心不同，不停地颤抖着。

"我要弃权决赛。"

瞬间，一片寂静。这次连东熙都吓了一大跳，猛地迸出一大串话："姜那露你哪里不舒服吗？为什么要弃权决赛？"

那露按照昨天晚上练习的，坚定地说出每一个字："我没有参加决赛的资格。"

教练和朋友们都瞪大了眼睛看着那露。

"喂，你在说什么啊？你又没有犯规，干吗突然这样？"

胜男因为太激动而提高了说话音量。教练则说："至少说说看发生了什么事吧。"

那露从刚才开始就用食指指甲刮着大拇指的指尖，再这样放着不管的话，肉就要被刮下来了。太洋让那露拿着自己刚刚擦干头发的毛巾，于是那露紧紧地抓住毛巾，好不容易才接着说："金楚熙的泳衣，您上次问我的那件泳衣，那是我偷走的。"

听到那露的自白后，沙朗、世灿和东熙都用手捂住自己张大的嘴巴，胜男干脆转身面向墙那侧，太洋则默默地看着那露。

"那露，你……"

沙朗话没说完，却无法再说下去。那露昨天晚上下定了决心，不要再欺骗朋友们和教练，更重要的是，不要再欺骗自己了。虽然自己也抱有期待，说不定朋友们会谅解自己，不过，不对的事情就是不对的。

沉默一阵后的教练边叹气边拍了拍那露的肩膀，说："先去吃饭吧。"

教练垂头丧气地走出选手休息室。

那瞬间，那露再也忍不住了，明明做好了会被狠狠骂一顿的准备，也做好会被赶出游泳队的准备，也下定决心不要再懦弱地哭泣，却在教练意想不到的轻拍安慰之下，让自己好不容易筑起的堤防溃堤了。那露低着头，眼泪不断落下，这次连胜男也没有向自己递出卫生纸。

那露的鼻子和脸颊变得红肿，大家不知所措，只是呆呆地站着盯着地上。最后打破沉默帮助那露的人，不是别人，是世灿。不过，要说是帮助那露，这理由也是有点奇怪。

"姜那露你等下好像会被狠狠地骂一顿啊，所以应该要先吃饱饭才行。"

世灿像什么事也没发生一样，一如往常地一边嬉笑一边开那露的玩笑。

"哎呀，你现在说的什么话啊……"

沙朗也像平常那样，觉得不像话而发出啧啧声。

"干吗，我有说错吗？快点，话说太晚去的话，餐厅的队伍会排很长啊。"

世灿拉着那露的右手，东熙则向那露递出一张不知何时买好的餐券。于是，暂时停止哭泣的那露开始脸红，想哭的感觉再次涌上来。

"没错，那露，我们去吃饭吧，我下午还得比决赛才行。"

太洋在旁边帮忙说话，结果那露开始哭得比刚才还大声。一边放声大哭，一边被人抓着两只手走出选手休息室的模样，不知道的人看了还以为是预赛被刷掉的人。

那露即使坐在餐厅里拿着筷子，却怎么也吃不下饭，其他队员也一样，莫名地反复拿起手机又放下。这时，胜男好像看到了什么，突然从座位上站起来。在餐厅的入口处，金楚熙正气喘吁吁地朝那露走来，她的表情看起来非常生气。"姜那露，你出来一下。"

游泳队队员们用担心的眼神看着那露，那露则安静地跟楚熙走。

走廊的尽头有逃生梯，楚熙将防火门关上，问道："你说要弃权决赛是真的吗？"

"嗯，我不会参加决赛。"

"为什么？"

楚熙的语气尖锐，虽然不知道为什么，但那露的弃权好像让楚熙变得更生气了。

那露深吸一口气，说："上次就应该跟你说的，真的太迟了，即使如此，我还是想跟你道歉。楚熙，对不起，我乱碰了你的东西。虽然听起来像是借口，但我一开始真的没有打算要把泳衣偷走的，即使我因为输了而发脾气，也有想过如果你没有这件泳衣是不是就赢不了比赛了，但那真的只是想想而已。不过刚好其他人突然走进来，我就吓到了，然后像个笨蛋一样，拿着你的泳衣逃走了。我应该要马上还给你才对，但那时的我实在是太害怕了，对不起，真的很对不起。"

楚熙回答说："我知道，说过的话干吗再讲一次。"

"你看过我的信了？"

"嗯。"

"那么你应该知道我为什么要弃权了吧？"

"没有，我不知道啊！"

两人的对话在原地打转，那露内心感到焦急。楚熙开口说："你这样说过对吧？你想用你的力量赢过我对吧，说自己不是为了要赢才偷走泳衣的，这点我也一样，我也要用我自己的力量赢过你，根本不需要幸运符这种东西。不过，如果你逃跑的话那可不行。"

"都说我不是逃跑了。"

"那就参加决赛，我要先赢过你，然后再原谅你。"

楚熙像宣战一样，说完自己的话就走了。那露有种被当头棒喝的感觉，因为那露以为楚熙也会觉得自己放弃决赛是应该的。回到休息室的途中，那露脑海中一直浮现楚熙说的最后一句话。

"我要先赢过你，然后再原谅你。"

她说要原谅自己，这真的是那露很想听到的话。不过，压在那露心里的大石头，好像就快要落下一般，开始摇晃着，却还是没有落下，再次沉甸甸地占据在心头。楚熙把她的胜利幸运符泳衣搁置在一旁，然后跑来找那露，这是为什么呢？那露停下了脚步。

"原来金楚熙想要好好地赢过我啊。"

脑海中一浮现出这个想法，内心深处快要熄灭的火种就呼啦啦地点燃起来。虽然表面上装作不同，但其实那露的期盼和金楚熙的期盼是一样的，那就是全力以赴，好好地用自己的力量赢得胜利。或许比起楚熙，这更是那露长久以来期盼的事情。

那露躺在瑜伽垫上，让发烫的头脑冷静下来。这时，有个人在那露面前递来一根香蕉。

"饭都没吃就想比决赛吗？"

原来是教练，那露赶紧坐起来。

"因为后来又听说楚熙找到泳衣了，所以我还想说原来不是什么大事，看来是教练我太没有花心思在那露身上了。"

"是我做错了。"

"即使如此，也去比决赛吧。楚熙一直坚持说，如果你不比决赛的话，那她也不比，这让蔚蓝小学的教练一个头两个大，所以我们等比完赛再来处理这件事吧，你已经做好准备了吧？"

"对不起。"

"这不是说声对不起就能结束的事，对吧，你先热身吧。"

"她说自己也不要比决赛？金楚熙吗？"

既然事情演变成这种局面，那露也只好参加决赛了。而且那露知道，一旦站上决赛出发台，就没有所谓的保留实力这回事，必须要全力以赴地正面迎击才行。这是对预赛落选的选手们的礼貌，也是对下定决心跟自己对决的楚熙的礼貌，更是对这八年内专注在游泳上，一路坚持过来的自己的礼貌。

　　"接着，即将开始下午的比赛，请五十米自由泳的选手们准备入场。"

　　楚熙和那露并排站在第四、第五泳道上，那露轻轻地转动自己的手和脚。

　　"好好游吧。"

　　身旁的楚熙这么说。

　　"你管好你自己就好。"

　　那露马上回嘴，不过，是自己看错了吗？楚熙好像稍微笑了一下。

　　"Take your marks."

　　哨音响起，那露和楚熙同时飞向空中。

第十七章
预备

"叛徒。"

"俗话说得好，世上没有一个人能相信。"

"这样不行啊，你怎么可以这样呢？"

游泳队队员们说出各种指责的话。

"我不是故意要隐瞒的。"

从刚才开始就被队员们团团包围，然后结结巴巴地说一大堆辩解的人，不是别人，正是智胜男。就在昨天晚上，胜男把原本要发给别人的信息误发到游泳队的群组里，信息内容写着"应该很累了吧，早点睡"。这是身为队长的他可能会发给任何人的信息，不过，在信息最后面加上爱心，就是问题的所在了。队员们在挖出这个信息到底是要传给谁之前，是不会善罢甘休的。

"你身为汉江小学游泳队队长！而且还是姜那露的

好友！竟然跟对手金楚熙关系这么好！"

世灿大声地说着。不过，以一个生气的人来说，这声音略带点兴奋，实在是不寻常。

"难怪你一直问东问西的，我还以为你在帮那露做间谍探听敌情呢！"

胜男像是蔚蓝小学的间谍似的，沙朗双手环抱在胸前，斜眼看着他。

"什么间谍啊，早知道你们会这样的话，就不跟你们说了，难道我犯了什么大错吗？"

被刁难好一阵子的胜男委屈地说。

"没有。"

东熙这次也简洁明了地整理了事件的状况。

"但也不能就这样放过你。"

沙朗一步一步地逼近胜男，抓住他的肩膀，然后说："所以你们两个是怎么开始的呢？"

世灿和东熙，甚至连太洋都在不知不觉中紧贴在胜男两侧，果然不是一群会乖乖走开的朋友，胜男只好从实招来。当然，也尽可能地省略掉重要的部分。

夏季训练的最后一天，那是一切的开始。

"那天你们都走了，我留下来帮教练整理场地，然后蔚蓝小学的教练也走过来，他说楚熙的泳衣不见了。"

沙朗和世灿，还有东熙，虽然全都想到了那露，但嘴巴闭得紧紧的什么也没说。

"我看到楚熙在号啕大哭，眼睛真的肿得这么大。"

所以胜男就留到最后，帮楚熙一起找泳衣，胜男从以前就无法放着哭泣的人不管。

"楚熙实在是哭得太伤心了，所以教练买了汉堡请她吃，然后我们就变熟了。"

"哎，什么呀，别开玩笑了，如果你说你们一起吃汉堡后就关系变好的话，那我跟朴世灿大概都好成一家人了吧。"

沙朗用一副绝对不可能的眼神看着世灿，不过，胜男一点也不在意。

"也是有可能发生这种事的，对吧，东熙？"

"嗯，如果是汉堡的话。"

真要说实话的话，事情当然不是这样的。那天胜男的内心并不是因为汉堡而动摇的，看着失去泳衣就像失去全世界一样哭泣的楚熙，很不可思议地，胜男就这么心软了。

原来打破纪录的人也会因为那种事而哭啊，虽然觉得她看起来很像傻瓜，不过，也正是这副傻瓜模样给自己带来了安慰。虽然胜男一次也没有跟那露说过，但当两手空空的自己与脖子上挂了很多奖牌的那露一起回家时，胜男有的时候，会有点想哭。

"不过，那露怎么还没来呢？"沙朗说。

"那露正在接受惩罚，在那上面。"

"九百九十八，九百九十九，一千。"

那露好不容易才结束跳绳一千下，接下来是波比跳六十个。波比跳是做完伏地挺身后，站起来往上跳，同时举手击掌的动作，是光做二十次就会腿软的恶魔运动。

教练对那露下达了一个月的强化训练，以及手写悔过书的处罚。不过，那露一点也不觉得辛苦，因为将大石头背在背上跑，比在心里抱着大石头舒畅多了。朋友们来到大汗淋漓的那露旁边，莫名地各说一句话后又走掉。

"我以前也弄丢过朋友的玩具。"世灿说。

"我偷吃过家里的面包。"东熙好像对《悲惨世界》中的冉·阿让这个角色感触很深。

"我曾经把妈妈在新年时只买给弟弟的衣服，用剪刀剪坏了。"看来沙朗期望能有公平的爱。

"那后来怎么样了呢？"

"只要想成是你现在被骂的十倍左右就可以了，能活下来真的是万幸。"

那露很感谢朋友们为了自己，不惜把丢脸的秘密说出来。回想起来，朋友们总是为那露操心，也很珍惜那露。因为知道他们的心意，所以那露更努力地接受惩罚，现在再也不想让朋友们失望了，而且那露也想成为可以带给朋友们力量的人。不过，当太洋来到体能锻炼室时，那露却不由自主地发起抖来。

"太洋，你没有对我感到失望吗？"

那露小心翼翼地询问太洋。

"差一点就那样了，但没有。"

"为什么呢？"

"不是说过别人的事情看起来都很简单嘛。"

太洋的这句话深深地留在那露的心底，如果太洋从一开始就说没有对自己失望的话，可能就不会有这么温暖的感觉了。

最后还有一个人，就是胜男。胜男对那露说话特别不留情，他走到运动中的那露旁边，一下子说脚要合起来，一下子又说手要再抬高一点，不断地唠叨。虽然那露也有点生气，不过还是会静静地听他说完。胜男是游泳队的队长，也是那露的好朋友，而且也是楚熙的好朋友。即使胜男这样讲话折磨那露，但不管怎样，他还是待在那露的身旁。

比赛那天，跟楚熙说那露要弃权决赛的人也是胜男。听说楚熙在比赛前一天跟胜男见面了，但完全没有表露出和那露之间的事，所以当那露说出真相时，胜男应该也感到非常吃惊。

"那是我跟那露之间的事嘛，而且你跟那露感情很好，所以没有想跟你说这件事。"

听胜男说，当他询问楚熙为什么不早点跟自己说的时候，楚熙是这样回复他的。

所以那露心想，也许楚熙真的是个很不错的孩子，自己好像明白了胜男为什么会和楚熙关系好了，但那露有个问题想问胜男："胜男你在决赛时是为谁加油呢？"

想到胜男是帮楚熙加油的话，心里就有点难过。不过，那露决定不要说出这心声。因为那露好像也明白了，胜男明明想跟那露讲自己的事情，却又磨蹭那么久的原因。

五十米自由泳决赛，金楚熙获得第一名，成绩是 26 秒 84，虽然不及上次比赛的新纪录，但也是实力不容置疑的好成绩。那露则以 26 秒 99 的成绩位居第二名，这是那露正式比赛以来的最佳游泳成绩。楚熙在触碰计时触板后，还来不及喘口气就马上确认成绩显示板，然后来到那露所在的第五泳道，向那露伸出手，而且笑得很灿烂。

"恭喜你。"

"你也是。"

那露握住楚熙的手。

虽然那露在这天没能赢过楚熙，但这天的比赛才真的是一场学习面对失败的重要比赛。现在那露也终于了解到，是真的存在着这样的比赛。

那露和楚熙并排站在颁奖台前面，司仪大声地喊出第三名选手的名字，楚熙旁边的选手便站上了颁奖台。那露一边看着楚熙身上这件陌生的泳衣，一边说："不过现在看来，胜利的幸运符还是什么的，都是骗人的吧？"

"哪有，不是骗人的啊！"楚熙回答。这时，广播里大声地响起了那露的名字。

"女子小学部五十米自由泳，第二名，姜——那——露——"

那露站上第二名的颁奖台，脖子上挂着银牌，笑得很开心。

楚熙一边拍手，一边提高音量说："都是你惹我生气的关系，我才了解到，其实我有比幸运符更强的东西。"

"那是什么？"

"我自己。"

听到楚熙说的话，那露用讨厌的眼神斜眼看着楚熙，不过，脸上却满是笑容。

"第一名，金——楚——熙——"

楚熙一边灿烂地笑着，一边走到颁奖台上。朋友们聚在观众席正面，朝着两人挥手。那露和楚熙把双手举高，然后朝着朋友们做出万岁的姿势。

小学最后一次的总统杯就这样落幕了。汉江小学在包括那露在内的六年级队员们的积极表现之下，获得小学部综合表现第二名的成果。太洋、胜男、世灿与东熙获得的四百米团体混合泳接力项目的金牌，成为很大的得奖助力。

那露每天早上都比以前提早三十分钟起床跑操场，虽然教练下达的一个月强化训练已经结束很久了，但那露实在无法静静待着，什么事都不做。

"得变得更快才行，得变得更强才行。"

操场上尘土飞扬，当那露跑到第七圈时，身体也开始发烫起来。

"如果是在水里的话应该可以撑得更久、冲得更快。"

每当这时，她就可以理解东熙的心情，对那露来说，现在这瞬间也让自己觉得鞋子很碍脚。努力忍住再跑三圈后，她的内心充满郁闷感，于是赶紧跑去游泳池，将身体浸泡在水中。刺鼻的氯水味和明亮的灯光，以及围绕着自己身体的水，果然这里才是那露该待的地方。

大家都说过程比结果更重要，但那露之前认为，不管过程再怎么厉害，如果结果一塌糊涂的话，那有什么用呢？不过，现在那露也体会到，不论结果是好是坏，都必须用自己的力量、自己的双手与双脚去打造出来才行，唯有如此，才能堂堂正正地接受胜利的喜悦，以及败北的遗憾。

　　那露站在泳道的尽头，看见自己未来要持续往返数次的路程，有的时候时间快速飞逝，有的时候则感到非常乏味。

　　不过，即使如此也没关系，因为现在那露想做的事和想达成的事，全部都在泳池里。

　　那露用力地蹬离池壁后向前出发，转瞬间，刚才还围绕着自己的光与回声都消失不见，只剩下天蓝色的瓷砖地板，以及咕噜咕噜的水声。水流从向前伸展的指尖到脚指头，拂过那露的全身。

　　其实那露一直觉得人的身体可以浮在水里是一件很神奇的事，如果跟太洋说这件事的话，他又会说一大串自己听不懂的话吧。话说回来，现在也到了朋友们要过来的时间了，那露将目光投向前方，然后开始非常有力地打起水来，并在心里想着：等着瞧，下次会是我最先触壁。

　　担心肚子里的西瓜子会发芽的孩子们，

　　在水中穿梭自如的比赛会场上的选手们，

　　每当我看到那样闪闪发亮的瞬间，

　　都会觉得只有我自己看到的话，真的很可惜，

　　事实上，我所做的事就像大理石浮纹水画一般，将
水面上美丽漂浮的他们的模样，轻轻地印染在纸上而已。

扑通扑通的声音

　　《第五泳道》是一个关于学游泳的孩子们的故事，光是这个题材就令人心动，在游泳场上到底会发生什么事呢？孩子们在水中会经历怎样的事情，又会产生什么样的想法呢？从第一章开始，读者跟着扑鼻而来的氯水味到了游泳馆，再随着孩子们的摆动，拨开水面往前游的话，就会与孩子们那清澈且坚毅的成长期时光相遇。孩子们选择自己要走的道路，并朝着那条路全力以赴向前迈进的模样，非常耀眼。在夏日蔚蓝天空下展开的友情与亲情，以及那令人内心怦怦跳动的画面，则是既明亮又清爽。

　　在这部作品中，作者贴近现实地描述孩子们对自己提出疑问并寻找答案的过程。在《第五泳道》中，孩子们为了让身体做出最好的动作而费尽心思。他们必须赢过隔壁泳道的对手，同时也得刷新自己的个人成绩。训练和参加比赛时，孩子们则必须接受自己的表现将被打分，也将被划分等级的事实，并且要坚持下去。不管是因为有趣还是因为有才华而开始游泳，他们有时也会觉得游泳像个吃力不讨好的负担。在竞争激烈的比赛当中，与自己的身心极限碰撞之际，他们开始苦恼自己为什么要走这条路，这真的是自己想走的路没错吗？自己想达成的事情又是什么呢？还有，自己真的可以走到底吗？

主角那露也在不知不觉中，来到自己的极限面前。遇到手臂比自己还长的选手时，遇到了身体的极限；把总是游得比自己快的选手的泳衣偷走，则遇到了内心的极限。必须面对自己内心深处的黑暗深渊，也必须面对真实的自己之后，那露才能向自己提出问题——那些过往想要逃避的问题，以及自己从没想过的疑问。

那露对姐姐放弃游泳，转去跳水这件事总带有疑惑，却从没有好好地问过理由，因为她认为偏离了自己奔跑道路的人是失败者，是逃避者，这更是一条自己不会走上的道路。然而，当自己再也无法超越楚熙时，那露心中坚固的城墙终于出现了裂痕。她无法在内心正视这个问题，甚至拿走了楚熙的泳衣，为自己无法获得胜利找一个辩解的理由。

在敌对竞争关系的故事中，多少能预料到会有把对手厉害武器偷走的情节，但在这里却不明显，原因在于那露自己也怀疑那件闪闪发亮的泳衣其实并没有任何特别的力量，那只是那露为了拖延面对自我，需要的临时躲避的地方罢了。也是这样的犹豫不决与辩解，赋予了那露这个角色生动感。

如同幼鸟被用力推离鸟窝时，才会熟悉飞翔的方法一般，在"为什么要游泳"的问题尽头，那露克服了辩解的巢穴，终能展翅飞翔。我们的人生到头来是场与自己的战斗，学习胜利的方法与学习失败的方法，其实也是同一件事情。是飞翔还是坠落，那露通过自己的身体与内心体会到，这全取决于自己如何做出抉择，然后，朝着自己纯粹的渴望，正直地向前迈进。

作家没有写孩子们与世界争斗，并展开盛大冒险之旅的故事，反而选择主角们经历各自的光明与黑暗后，堂堂正正地抵达属于自己的决赛终点的故事。如此写实且细腻的写作视角，使得这部作品闪烁着光芒。

那露的姐姐白柳的梦想并没有倒塌，而是被她再次筑起；太洋虽然比别人晚了一步才踏上游泳的道路，但他在每个瞬间都做好了准备，要开启每扇自己必须通过的门；展现出平淡却坚定友谊的胜男，则在"五比五"

的内心岔路口前，苦恼自己未来的出路；以及，即使没有幸运符，也相信自己的力量，勇敢地去面对比赛，并战胜茫然恐惧的楚熙。这些因为相同目标而来到游泳池，却各自拥有不同动机的孩子们的组合，生动且协调。因此，当楚熙与那露站在第四、第五泳道上，在哨音吹响的瞬间全力以赴起跳飞跃时，我们仿佛能听见孩子们那震耳欲聋、不断呼喊的加油声。

我们在人生当中，有多少次机会能坦率地面对内心的深渊呢？又能有几次发现自己的心之所向，然后为了某件事全力以赴去做的经历呢？许多孩子正朝着父母的欲望，以及世上给予的欲望奔驰向前，却不是朝向自己真正的期盼前进，不知道自己到底想不想走这条路，也不知道为什么要努力，就算成为大人后还是不明白。因为小时候无法往内洞察自己身心的人，不可能在长大后突然间得到能面对这一切的力量。好不容易才抵达决赛终点，却发现那不是自己想要的，当意识到这点时，却是连再次回到出发点的力气都已耗尽。因此，那露怀疑自己，也怀疑朋友，更怀疑自己的前进之路，说不定，这也是我们有一天会经历的路。

读者们可以发现，在最后一幕说着"等着瞧，下次会是我最先触壁"这句话的那露，显然和过去的她不同，已产生某些改变。

读完这本书的孩子们会想开心地飞奔向自己真正喜欢，且只属于自己的某个小天地里。将自己投入一个领域的那瞬间，要问自己为什么非得这么做，这样应该就能找到属于自己的答案。透过今天跳入水中，坚强且堂堂正正的那露，读者一定也能窥见今天的自己。

在阅读这部作品的时候，总能听到一些声音，并不是游泳比赛会场的加油声，或是身体与水面碰撞发出的声响，而是非常安静却强而有力的心脏跳动声。听到这声音时，自己的心脏也跟着扑通扑通地跳，据说这是全力以赴来回游二十五米泳道时才会发生的事，真是奇妙。

宋美京（童书作家）

审查委员：保林　宋美京　宋秀妍　刘永真
　　　　　林正慈　张柱植　千孝贞

著作权合同登记号：图字 18-2021-252

图书在版编目（CIP）数据

第五泳道 /（韩）银昭智著；（韩）卢仁庆绘；林佩君译 .-- 长沙：湖南文艺出版社，2021.12（2024.7 重印）
　ISBN 978-7-5726-0445-4

Ⅰ.①第… Ⅱ.①银…②卢…③林… Ⅲ.①儿童小说 - 中篇小说 - 韩国 - 现代 Ⅳ.① I312.684

中国版本图书馆 CIP 数据核字（2021）第 219580 号

上架建议：儿童文学

DI-WU YONGDAO
第五泳道

作　　者：［韩］银昭智
绘　　者：［韩］卢仁庆
译　　者：林佩君
出 版 人：陈新文
责任编辑：匡杨乐
监　　制：小博集
策划编辑：马　瑄
特约编辑：朱凯琳
营销支持：付　佳　付聪颖　周　然
版权支持：金　哲
装帧设计：马俊赢
出　　版：湖南文艺出版社
　　　　　（长沙市雨花区东二环一段 508 号　邮编：410014）
网　　址：www.hnwy.net
印　　刷：河北鹏润印刷有限公司
经　　销：新华书店
开　　本：875 mm×1230 mm 1/32
字　　数：112 千字
印　　张：7
版　　次：2021 年 12 月第 1 版
印　　次：2024 年 7 月第 2 次印刷
书　　号：ISBN 978-7-5726-0445-4
定　　价：35.00 元

若有质量问题，请致电质量监督电话：010-59096394　团购电话：010-59320018